프루스트 효과의 실험과 결과

プルースト効果の実験と結果

프루스트 효과의 실험과 결과

プルースト効果の実験と結果

사사키 아이 소설

양하은 옮김

끌

차례

프루스트 효과의 실험과 결과

프루스트 효과. 그 말을 가르쳐준 사람은 3학년 때 처음으로 같은 반이 된 오가와였다. 오가와라는 인물에 대해 조금씩 감이 잡히던 4월의 끝 무렵이었다. 그는 입시 공부를 시작하기 전에 반드시 '죽순마을'이라는, 죽순 모양 쿠키 위에 초콜릿이 발린 과자를 먹는다고 했다.

"프루스트 효과라는 게 있어. 맛을 보거나 냄새를 맡으면 관련된 추억이 떠오르는 현상이야. 프루스트라는 작가의 유명한 소설 때문에 붙은 이름인데, 주인공이 마들렌을 홍차에 적셔 먹을 때 옛날 기억이 되살아난다는 이야기야."

내 이름이 '오사다'라 학기 초에는 자연스레 오가와와 가까운 자리에 앉았다. 처음에는 '오가와 군'이라고 불렀지만, 아무래도 오가와는 '군'을 떼고 불러야 할 듯한 분위기를 풍겨서 여자아이들 사이에서는 '오가와'가 표준 호칭으로 자리 잡았다는 걸 알고 나서는 나도 오가와라고 불렀다.

오가와는 치열이 고르고 안경이 잘 어울렸다. 동아리 활동은 하지 않았다. 입학 직후에는 관악부에 들어가 중학생 때까지 하던 트럼펫을 계속하려 했지만, 전국 대회에 단골로 출전하는 학교 특유의 '종교적인 느낌'을 좇아갈 수 없어서 일주일 만에 그만두었다고 했다. 이후 현악부에도 들어갔지만 거기도 3주 만에 나왔다. 부원 수도 연습량도 관악부보다 훨씬 적었지만 '관악부에 대해 뒤틀린 라이벌 의식을 지닌 느낌'이 싫은 모양이었다. 방과 후에 가끔 들리는 현악부 소리는 끼릭끼릭 까탈스러운 것이, 언제나 도플러 효과가 나타난 듯 어긋나 있어서 금방 그만둔 심정이 조금은 이해가 갔다.

"오사다, 나는 대입 시험 직전에 죽순마을을 먹을 계획이야. 그래서 매일 공부하기 전에도 먹고 있어. 영어 단어나 중국 역대 왕조 같은 걸 그 맛이나 냄새와 연결해서 기억 속에 가라앉혀두는 거지. 시험 전에 죽순마을을 먹으면 중요할 때 그 기억들이 불쑥 떠오를 거야. 효과가 있을지는 당일까지 알 수 없겠지만, 일종의 장기 실험이지. 입시의 명운을 건 실험."

입시 공부와 프루스트 효과의 관련성을 잘 이해하지 못한 내게 오가와는 진지한 얼굴로 설명했다. 그는 교복 제일 윗단추를 손끝으로 만지작거리며 말하는 버릇이 있었다. 그날도 안경이 잘 어울렸고 손톱은 짧고 단정했다. 교복은 먼지 한 톨 묻지 않아 방금 세탁소에서 찾아온 것 같았다.

그런 게 진짜 효과가 있으면 누구나 만점일걸, 하고 웃어버릴 뻔했다. 하지만 관악부도 현악부도 중간에 그만둔 오가와가 죽순마을 먹기는 계속하고 있으니, 그 스스로는 뭔가 효과를 느끼고 있을지도 몰랐다. 무엇보다 오가와와 나눈 그 한 번의 대화로 '왜 수많은 음식 중에 죽순마을을 고른 걸까' '남자인데 단 걸 싫어하지 않는 걸까' '느긋해 보여도 사실은 굉장히 심한 압박을 느끼고 있을지도 몰라' 등등 오가와에 대한 의문과 억측이 흘러넘쳤다. 나는 머릿속이 나 외의 존재에 대한 생각들로 가득해지는 익숙하지 않은 감각에 왠지 기분이 좋아졌다.

"사실 너한테 처음으로 이 계획을 털어놓는 거야."

오가와의 이 말을 듣고 더더욱 기뻐져서,

"그럼 나는 '버섯산'으로 그 계획에 참여할래"

라고 말했다.

버섯산은 죽순마을 자매품으로 나온 초콜릿 과자였다.

　우리 반에서는 나와 오가와만 도쿄에 있는 사립대학을 1지망으로 선택했다. 우리 학교는 근처 국공립대학 진학률이 높았기 때문에 신칸센이나 비행기를 타고 한나절을 가야 하는 도쿄, 그것도 도쿄의 사립대학을 1지망으로 하는 학생은 많지 않았다.

　국공립대학을 지망하는 학생들이 이과 계열 모의고사를 치거나 하는 시간에는 도서관에서 자습을 했다. 교실에서 도서관으로 가는 복도에 둘만 남았을 때 처음으로 오가와와 제대로 이야기를 나눴다. 어색하던 차에 오가와가 먼저 말을 걸어 유명 사립대학 문학부가 1지망이라고 알려줬다. 오가와네 집이 치과라는 소문을 들었던 내가,

　"치과는 안 물려받아?"

　하고 묻자,

　오가와는 "응. 동생이 하겠대. 걔는 이과니까"라고 선뜻 대답했다.

　오가와는 독서가인 듯했다. 본인은 프루스트 효과의 유래

가 된 《잃어버린 시간을 찾아서》를 1권만 읽고 그만뒀으니(아주아주 긴 시리즈라고 했다) 아직 멀었다고 말했지만, 지망 대학은 "좋아하는 작가의 모교라서" 선택했다고 말했다. 전공도 그 작가로 하고 싶다고 했다.

나의 1지망 대학은 오가와가 지망하는 곳보다 들어가기는 쉽지만 이름은 그럭저럭 알려진 곳이었다. 뜻하는 바가 있는 오가와와는 다르게 내가 도쿄의 사립대학을 노린 이유는 별게 아니었다. 이과 과목은 너무 약해서 모든 과목에서 일정 수준의 성적을 내야 하는 국공립대학을 노리기는 어렵고, 그렇다고 지역 사립대학에 가자니 관심 가는 학부가 없었다. 부모님은 도쿄에 갈 거라면 어느 정도 이름이 알려진 대학이어야 학비를 내주겠다고 했다. 오가와는 태어난 동네를 떠나겠다고 마음먹은 거지만, 나는 그저 삐져나왔을 뿐이었다.

반에서 사이가 좋은 마키도 다마오도 가나도 지역 국립대학 교육학부가 목표였다. 마키와 가나는 "여행 가면 재워줘"라고 말했고, 다마오는 "그런 데서 살다니 상상도 못하겠네"라고 말했다. 나는 소거법으로 여기에 있을 수 없게 됐을 뿐인데 점점 친구들에게서 멀어지는 듯한 기분이었다. 그런 가운데, 도쿄는 여기보다 반드시 좋은 곳이라고 믿어 의심치 않는 오가와는 무척 든든한 아군 같았다.

도서관에는 항상 사서인 마사코 선생님이 있어서 자습 중에 다른 선생님이 감시하러 오지 않았다. 사립대학을 지망하는 다른 반 학생들도 있었지만 커다란 책상 몇 개에 자유롭게 흩어져 앉는 탓에 교류할 일은 없었고, 여기가 정말 학교인가 싶을 정도로 조용했다.

오가와는 주로 내 대각선 맞은편에 앉았다. 마주보고 앉으니 보지 않으려 해도 시야에 오가와가 들어왔다. 더 멀리 앉으면 좋을 텐데, 하고 생각했지만 말하지 않았다.

그는 공부를 하기 전에 반드시 슬그머니 무언가를 먹었다. 공책에 고개를 파묻고 계속 샤프를 놀릴 때가 있는가 하면 갑자기 손을 멈추고 창밖을 보며 무척 얕게 호흡할 때도 있었다. 아마 그냥 멍하니 있던 거겠지만, 나는 오가와의 그런 모습을 보면 그가 숨 쉬는 법을 잊어버리기 직전은 아닌지 걱정이 되어 상태를 살피곤 했다. 오가와는 내 시선을 눈치채면 얼버무리듯 한마디씩 건넸다.

"배고프네"라든지 "오늘 수요일인가?" 같은 별 내용 없는 말이 대부분이었지만, 어느 날은 이렇게 말했다.

"글씨를 잘 못 쓰는 사람이 미시시피를 쓰면 미시시괴가 되지 않아?"

세계사 문제를 풀고 있었던 모양이다. 나는 미시시피를 한 글자씩 천천히 발음했다. 그건, 내가 중학생 때부터 생각한 거였지만 어쩐지 아무에게도 말하진 않은 이야기였다.

"맞아, 맞아. 메소포타미아도 메소쪼타미아가 되잖아. 메소쪼다미아가 될 때도 있고."

무심결에 도서관에 어울리지 않는 큰 목소리가 나왔다. 누군가 돌아보는 게 느껴졌다. 기분 탓인지 오가와가 평소보다 눈을 크게 뜬 채 내 공책을 끌어당기더니 귀퉁이에 작게 미시시괴, 메소쪼다미아라고 세로로 적었다.

오가와는 "진짜네" 하며 몇 번 고개를 주억거리더니 살짝 웃었다. 나도 오가와 공책에 미시시괴, 메소쪼다미아라고 적었다. 둘 다 그것을 지우지 않았다.

프루스트 효과에 대해 이야기해준 건 그로부터 며칠이 지난 후, 마찬가지로 얕게 호흡하다 정신을 차린 오가와와 눈이 마주친 때였다. 오가와는 3학년이 되기 직전 봄방학에 그 단어를 알게 됐다고 했다. 그 후로 매일 부지런히 죽순마을을 먹고 있었다. 평소 치아 건강을 걱정해 단 걸 먹으면 눈살을 찌푸리던 부모님도 프루스트 효과 실험은 일단 이해해주고 있어서, 죽순마을 값은 매달 용돈과 별도로 준다고 했다.

"하지만 한 번에 한 상자를 다 먹으면 살찐대. 얼마 전에 받은 건강 진단 결과를 보면 몸무게가 그렇게 늘지는 않았지만, 요즘 얼굴이 늘 부어 있는 것 같아. 그래서 한 상자를 세 번에 걸쳐 먹고 있어. 너도 나눠 먹는 편이 좋을걸."

오가와는 그렇게 충고했다. 듣고 보니 오가와의 매력이기도 한 갸름한 턱 언저리가 조금 둥글어진 것도 같았다.

나의 프루스트 효과 실험 첫날, 오가와는 의욕이 넘쳤다. 학교에서 걸어서 3분 거리의 물자 보급용 슈퍼로 안내하겠다며 나보다 다섯 걸음 정도 앞에서 척척 발걸음을 옮겼다.

"이 시간에는 저녁거리를 음미하는 사모님들 천지야."

학교 담벼락 바깥의 오가와를 처음 보았다. 4월 끝 무렵, 아직 밝은 저녁 거리를 걷는 전신의 윤곽이 점점 또렷해졌다. 오가와가 발을 내디딜 때마다 교복 바지와 발목 양말 사이로 의

외로 단단하고 튼튼해 보이는 복사뼈가 보였다.

옅은 녹색 외벽의 널찍한 단층 건물 슈퍼는 야채가 신선하고 달걀이 싸서 인기가 많았다.

"죽순마을이랑 버섯산은 거의 100퍼센트 나란히 있어."

오가와는 자신만만하게 말하며 한눈 한번 팔지 않고 곧장 나를 초콜릿 매대로 안내했다. 아무와도 부딪치지 않고 '사모님' 무리 속을 재빠르게 이동하는 오가와의 모습은 이질적이라, 손님보다는 베테랑 점원처럼 보였다.

신상품에 밀려 꽤 구석으로 밀려나긴 했어도 버섯산은 그 자리에 있었다.

"처음이니까 내가 살게."

오가와가 죽순마을과 버섯산을 하나씩 집어들고 말하길래 고맙게 받기로 했다.

도서관은 음식 반입 금지지만 마사코 선생님은 잘 돌아다니지 않았고, 오가와는 사람 눈길이 안 닿는 자리를 꿰고 있었다. 자습 시간에 사용하는 큰 책상이 있는 곳보다 더 안쪽, 세계문학 서가에 가려진 자리에 앉아 되도록 소리가 나지 않게 포장을 뜯었다. 익숙한 손놀림이었다. 오가와는 내 버섯산도

뜯어줬다. 죽순마을을 뜯을 때보다 드드득 소리가 조금 더 크게 났다.

"정한 대로 3분의 1을 한 번에 먹어. 먹고 나면 곧장 공부에 돌입해. 내 생각엔 '곧장'이 중요해."

나는 그만큼의 버섯산을 긴장한 채로 입에 넣었다. 소리를 내지 않기 위해 되도록 앞니 대신 어금니와 혀로 조용히 으깨고 침으로 녹여서 삼켰다. 그러곤 '곧장' 참고서와 공책을 펼쳤다. 옆을 보니 죽순마을 3분의 1을 볼에 채운 오가와가 내 쪽을 향해 '어때, 효과 있을 것 같지?'라는 듯한 눈짓을 보내기에 고개를 끄덕였다. 그리고 각자 공부에 집중했다. 도서관 닫는 시간이 될 때까지 한 마디도 하지 않았다.

초콜릿의 달콤함이 계속 입속을 맴돌았고 비스킷 조각도 아직 어금니에 있었다. 가끔 옆에 있는 오가와 입속도 똑같이 달콤할까 하는 생각을 했다.

자연스레 같이 집에 갔다. 역으로 가는 길에 오렌지색 가로등 빛을 받은 오가와가 갑자기 엄청나게 중요한 일을 잊어버렸다는 표정으로 돌아봐서 깜짝 놀랐다.

"오사다, 입시가 끝날 때까지 버섯산은 공부할 때만 먹어야

돼. 버섯산 하면 공부, 이렇게 되는 게 중요하니까."

"응, 알았어. 그렇게."

우리는 그날부터 평범한 '도쿄 사립대학 지망생 동지'가 아닌 '프루스트 효과 실험 동지'가 되어 방과 후에도 도서관에서 같이 공부했다.

여름방학에도 실험은 계속됐다. 사립대학 지망 학생을 위한 보충학습은 오후 세 시면 끝났기에, 이후에는 도서관에 나란히 앉아 공부했다. 마사코 선생님은 여름방학 중반 즈음에야 우리가 음식 반입 금지 규칙을 어기고 있다는 걸 알았다.

"과자는 안 돼."

우리 뒤로 조용히 다가와 주의를 준 마사코 선생님은 몸은 컸지만 목소리는 매우 작았다. 그야말로 사서 선생님에게 딱 맞는 성량이었다.

오가와는 "네, 죄송합니다" 하고 사과한 뒤 불쑥 일어서더니 일곱 걸음 만에 《잃어버린 시간을 찾아서》를 책장에서 꺼내 프루스트 효과가 나온 페이지를 펼쳐 보였다.

"이거 해보고 있어요. 수험생이라서요."

마사코 선생님이 알쏭달쏭한 표정을 짓고 있어서 내가 보충 설명을 했다. 오가와가 내게 가르쳐줬을 때처럼.

마사코 선생님은 아주 살짝 미소 짓는 듯하다 곧 평소 표정으로 돌아와 "그렇단 말이지……" 하고 말했다. 그 표정 변화와 목소리에서 마사코 선생님도 처음부터 지금의 마사코 선생님이었던 게 아니다, 마사코 선생님에게도 수험생 시절이 있었다, 그런 당연한 사실을 깨달았다. 아주 먼 옛날의 일. 40년 이상 지난 일일지도 모르지만 분명 우리 마음을 이해한 것 같았다.

"다른 사람한테는 들키지 말고 계속하렴."

마사코 선생님이 작은 목소리로 말했다. 오가와는 죽순마을을, 나는 버섯산을 한 알씩 마사코 선생님에게 건넸다. 마사코 선생님은 그 자리에서 먹지 않고 주머니에서 꺼낸 티슈에 싸더니, 깨지기 쉬운 물건인 양 온기가 있을 듯한 손바닥 위로 조심스레 올리고서 다시 도서관을 돌러 갔다.

"저러면 녹아버리지 않을까?"

내가 말했다.

"죽순마을이랑 버섯산이 같이 녹아서 하나의 초콜릿이 되면 더 맛있을 거야."

오가와는 그렇게 대답했다.

여름 동안 우리가 함께 지내지 않은 날은 오봉(양력 8월 15일에 지내는 명절 - 옮긴이) 연휴로 학교가 문을 닫은 날을 제외하고 이틀뿐이었다. 그날 오가와는 1지망 대학의 오픈 캠퍼스 행사를 위해 도쿄에 갔다. 오가와네는 원래 여름방학마다 해외에 가지만, 오가와가 수험생이라 오픈 캠퍼스에 맞춰 도쿄 여행으로 바꿨다고 했다.

"도쿄는 거의 놀이공원이더라."

오가와는 그런 감상과 함께 선물이라며 라벨을 벗긴 잼 병을 줬다. 투명하고 작은 유리병 속은 텅 빈 것처럼 보였다.

"이게 뭐야?"

뚜껑을 비틀어 열려고 하자 오가와가 내 손등을 건드리며 멈추게 했다.

"이 안에 도쿄 공기를 넣어왔어."

처음에는 무슨 뜻인지 이해하지 못했다.

"······고시엔(전국 고등학교 야구 선수권 대회가 열리는 경기장 - 옮긴이)에서 흙을 담아 오는 것처럼?"

"비슷하지만 달라. 피망 속 공기만 모아서 병에 담아 파는 사람이 있어. 예술 작품이래. 멋지지? 고시엔보다는 그 예술 작품을 따라해봤어. 도쿄 공기는 여기랑 맛이 전혀 달라. 마약 같더라, 마약을 해본 적은 없지만. 그러니까 이 공기는 만약의 경우에 마셔."

오가와는 조금 의기양양하게 말했다. 마약 같은 것을 마셔야 할 '만약의 경우'는 어떤 때일까 상상해봤지만 잘 떠오르지 않았다.

"도쿄 어디의 공기야?"

그렇게 묻자 오가와는 주저하며 좀처럼 가르쳐주지 않았지만, 이윽고

"당연히 네가 지망하는 학교 정문 앞이지"

하고 부끄러운 듯이 답했다.

"그러니까 합격 부적도 될 거야."

누군가 오가와의 이런 면을 비웃을 거라는 건 알았다. 하지만 나는 웃을 수 없었다. 오히려 울음이 터질 듯했다.

도쿄 공기로 채워진 병 너머로, 도서관 형광등과 서가에 이어 오가와의 얼굴을 쳐다봤다. 시력이 떨어진 것처럼 뿌옇게

보였다. 엄마가 쓰레기라고 착각해서 버리는 일이 없도록 가방 제일 안쪽에 감추듯 집어넣었다.

*

"첫 키스는 상상도 못할 곳에서 하자."

그렇게 말한 것도 오가와였다. 프루스트 효과를 이야기했을 때만큼 갑작스러웠다. 수험생과는 상관이 없어야 할 세간의 크리스마스 분위기에 영향을 받았을지도 모른다.

우리는 집으로 가는 전철에 앉아 있었다. 어디에서 샀는지 궁금할 정도로 지나치게 선명한 보라색 머플러에 턱을 파묻은 오가와를 가만히 쳐다봤다. 대체 우리 두 사람이 언제부터 그런 사이가 됐는지 침착하게 되돌아봤다. 방과 후에 같이 시간을 보내는 게 당연해지긴 했어도 "좋아해"라는 말을 들은 적도, 한 적도 없었다. 만약 뭔가 시작된다 해도 입시가 끝난 뒤일 거라고 생각했다. 하지만 오가와는 주저하지 않고 '키스'라고 말했다. 잡담하는 김에 하는 말이라는 투였다.

입시 공부가 막바지에 다다른 시기였다. 벌써 눈이 엷게 쌓여 밖에는 새하얀 논이 펼쳐져 있었고 텅 빈 찻간 반대편 창에는 거울처럼 오가와와 내가 비쳤다.

내가 오가와를 좋아하는 건 확실했다. 분명, 프루스트 효과를 알려줬을 때 이미 좋아하고 있었다.

우리 반에서 나는 절대 예쁜 편이 아니었다. 개성이나 특기도 없었다. 하지만 언제부턴가 '오가와한테는 나'라는 자신감 비슷한 걸 품고 있었다. 오가와도 소위 잘나가는 타입은 아니었다. 깔끔한 인상이기는 해도 다소 겉도는 구석이 있었고, 반에서도 현악부 전 부장을 중심으로 뭉친 특이한 남자아이들 무리에 속해 있었다. 한 여자아이가 "말투가 기분 나쁘다"며 욕하는 걸 본 적도 있었다. 마키도 다마오도 가나도 "둘이 사귀어?" "좋아해?" 하고 종종 물었지만, "그런 거 아니야"라고 얼버무리면 더는 캐묻지 않았다. 오가와는 그다지 여자들이 관심을 가질 타입이 아니었다는 말이다.

하지만 죽순마을과 버섯산이 슈퍼에서 반드시 나란히 진열되듯, 오가와와 오사다는 한 쌍이라고 생각했다. 오가와를 '좋아하니까' 생긴 과신 따위가 아니라 손에 잡힐 듯 뚜렷한 확신이었다. 나와 오가와의 매력에 대한 자신은 없어도 '우리는 한 쌍이다'라는 사실은 자신했다.

태어나서 처음으로 누군가 뒤에서 부드럽게 받쳐주는 듯한 확신이 들었다. 나를 좋아하는가 싫어하는가는 상관없이 한 쌍은 한 쌍이고 누구든 우리를 떼어놓을 수 없었다. 자신감의 근거를 대보라면 답하기 어려웠다. 미키마우스와 미니마우스 가 영원한 한 쌍이라는 데 근거가 없는 것과 마찬가지였다.

나는 오가와의 "첫 키스는 상상도 못할 곳에서 하자"라는 말을, 오가와도 같은 확신을 가졌다는 뜻으로 받아들였다. 오 가와의 그런 엉뚱한 말을 끌어안아주는 것도 한 쌍으로서의 소중한 자격이었다.

나는 창에 비친 오가와의 보라색 머플러를 보며 "그래"라고 말했다.

"프루스트 효과에 대해 얘기했을 때도 그랬지만, 너는 몇 단계를 건너뛰고 답해주는구나."

오가와도 창 속의 나를 바라보며 감동한 듯 말했다. 그 순간 분명, 우리는 연인 사이가 되었다.

오가와는 "그럼 내일 도쿄 지도를 가져올게"라고 덧붙였다.

오가와에게 '상상도 못할 곳'이란 도쿄였던 모양이다.

다음 날 도서관 책상 앞에 앉아 죽순마을과 버섯산을 먹은 뒤, 오가와는 느긋하게 도쿄 지도 한 장을 펼쳤다. 가로 50센티미터, 세로 30센티미터 정도는 될 듯한 커다란 지도는 책상을 다 덮고도 남았다.

"중학교 수학여행을 도쿄로 갔는데, 그때 선생님이 조별 활동 계획을 세우라고 준 것"이라고 했다.

주요 관광지가 인쇄된 지도에는 자잘한 건물 이름이나 관광 명소 같은 게 검은 매직으로 적혀 있었다.

"조 애들이 예습 삼아 관심 있는 장소를 지도에 적었어. 내가 적은 건 이거랑 이거랑……."

오가와는 눈에 익은 글씨로 쓰인 메모를 몇 개 가리키더니 말을 이었다.

"그러니까, 하고 싶은 장소에 동그라미를 그리자."

입시 공부 탓에 우리 머리가 이상해졌다고 느꼈지만, 한편으로는 오가와와 나라는 한 쌍이 아니면 할 수 없는 멋진 일일지도 모른다고 생각했다.

오가와가 먼저 파란색 펜으로 '하나조노 신사'에 동그라미를 그렸다.

"여기는 중학생 때 내가 맨 처음으로 적어놓은 장소야. 어릴 때 이 신사 축제에서 뱀 먹는 여자를 봤는데 우적우적 소리를 내면서 먹었어. 그 여자 눈을 피해서 하는 게 좋을 거야."

"그럼……"

나는 고민하다 분홍색 펜으로 '우에노 동물원'에 동그라미를 그렸다.

"하지만 판다 앞에서는 싫어. 북극곰 앞이 좋겠어."

오가와에게 북극곰은 1년에 한 번만 성교를 한다는 걸 알려줬다. 오가와가 내게 억지로 빌려준 소설에 나온 이야기였다.

"그렇구나, 북극곰은 우리가 뭘 해도 평온하게 지켜봐주겠네."

오가와는 그렇게 말하며 찬성했다.

그 뒤로는 멈추지 않았다.

도쿄타워, 세타가야 구청, 롯폰기 영화관, 지유가오카 스위츠 포레스트, 야스쿠니 신사, 이집트 대사관 앞, 가미나리몬, 오가와가 지망하는 대학, 노기 신사, 프리메이슨 일본 지부, 신주쿠 다카시마야, 신반바역, 국회의사당 앞, 시부야 NHK

방송센터, 덴엔초후 고급 주택가, 아오야마 장례식장, 신주쿠역 동쪽 출구, 요미우리 신문사 앞, 이노카시라 공원, 긴자 와코, 진보초 고서점가, 도쿄 빅사이트······.

거침없이 동그라미를 그려나가며 각각 어떤 상황에서 할지 이야기를 나눴다. 어느샌가 우리 주변을 둘러싼 도서관이 사라졌다. 가본 적도 없는 장소의 풍경이 또렷이 보이고 소리도 들렸다. 내 것이 아닌 듯 성대가 움직여서 우리에게 어울리는 키스에 대해 끝없이 말할 수 있었다. 몸은 도서관에 두었지만 우리 둘은 도쿄에 있었다. 그러면 마사코 선생님이 꾸짖으러 오지 않은 것도 말이 된다.

어느덧 우리의 도쿄는 파란색과 분홍색 동그라미로 뒤덮여 있었고, 시곗바늘은 꼭 한 시간 치가 돌아가 있었다. 정신을 차리고 서로를 바라봤다. 오가와의 뺨은 붉었고 내 얼굴도 달아올라 있었다.

마침 오가와의 배꼽시계가 울었다. 히터 소리, 멀리 떨어진 자리에서 누군가가 책장을 넘기는 소리밖에 안 나는 곳이라 그 소리가 분명하게 들렸다. 의자를 조금 뒤로 빼, 앉은 채로 오가와 배에 귀를 갖다대자 배꼽시계가 한 번 더 작게 울었다.

오가와 교복에서는 치과 대기실 냄새가 났다. 나는 그 냄새를 들이마시며 속삭였다.

"나도 배가 고픈 것 같아."

신칸센으로 네 시간 반이나 걸리는 곳을 다녀왔으니 당연했다.

"버섯산 먹어봐도 돼? 내 죽순마을도 줄게."

오가와가 말했다. 그때까지 바꿔 먹은 적은 한 번도 없었다. 어쩐지 프루스트 효과에 악영향을 줄 것 같았기 때문이다.

하지만 한 번쯤, 그것도 지금이라면 틀림없이 괜찮을 듯해서 오가와 배에서 귀를 뗐다. 가방 속 버섯산을 꺼내 오가와에게 건넸다. 오가와는 내 입 안에 죽순마을 한 알을 넣어줬다.

"죽순마을이 더 맛있어."

내 말에 오가와도 웃으며 답했다.

"나도 그렇게 생각했어. 그러고 보니 우리가 가는 그 슈퍼에서도 늘 죽순마을이 먼저 매진돼."

그러곤 죽순마을 한 알을 또 내 입으로 날랐다.

그 한 알이 완전히 녹아버리기 직전이었다. 바람이 분 듯 치과 대기실 냄새가 짙어지고, 오가와가 내게 키스하고 있었다.

오가와 입 안에는 내가 매일 먹는 것이 있었고, 내 입 안에는 오가와가 매일 먹는 것이 있었다. 처음에는 오가와만이었지만 나도 점차 같이 혀를 섞었다.

'아무래도 더러운 짓이겠지'라고 생각했는데, 그 맛이 상상했던 것보다 훨씬 좋아서 그대로 눈을 감았다. 이 달콤함 때문에 오가와에게 첫 충치가 생기기를. 마사코 선생님이 오지 않기를. 머릿속 한구석에서 빌었다.

초콜릿 부분이 전부 녹은 후 오가와가 입술을 떼고 말했다.

"나는 앞으로 버섯산을 먹을 때마다 지금을 떠올릴 거야."

나도 죽순마을을 먹을 때마다 지금을 떠올리겠지.

동그라미로 뒤덮인 도쿄 지도는 어느샌가 책상 밑에 떨어져, 히터 바람에 바스락거리며 나부끼고 있었다. 오가와가 지도를 주웠다.

"미안, 모처럼 시간 들여서 계획을 세웠는데."

가져왔을 때보다도 더 작게 접고 있었다. 언제나 당당하게 로맨티시스트처럼 행동했지만 조금 부끄러운 모양이었다.

"사과할 필요 없어. 대학 가고 도쿄에서 살면 이 모든 곳에서 해보자."

나는 그렇게 말하며 다독이듯 오가와 등에 손을 얹었다.

*

눈은 초콜릿보다 훨씬 느리게 녹았다.

오가와는 1지망에 붙었고 나는 떨어졌다. 오가와는 계획대로, 본 시험에서 프루스트 효과를 발휘한 모양이었다.

"세계사 시험 보는데 도저히 떠오르지 않는 인물이 있었어. 죽순마을 맛을 필사적으로 떠올리며 붙들고 있었더니 끝나기 30초 전쯤에 톡, 하고 이름이 떠올랐어."

"나도 똑같이 했는데."

내가 그렇게 투덜거리자 오가와는 조금 곤란해하더니,

"나보다 늦게 먹어서 그래"

하고 위로해줬다.

"그건 아닐걸. 너무 긴장해서 완전히 망했어."

시험장은 도쿄 도심에 있는 캠퍼스였다. 중학교 수학여행 이후 처음 가는 도쿄였다. 그곳은, 오가와와 지도를 펼쳐 가봤다고 생각한 도쿄와는 완전히 달랐다. 오가와는 도쿄 공기가 마약이라고 했지만, 내겐 그저 토사물 냄새가 날 뿐이었다. 나는 오가와가 준 그 유리병을 열지 않고 남겨뒀었다. 도쿄에 가기 전에 열어서 마셔보고 마음의 준비를 해뒀어야 했다.

졸업식이 끝나고 마키와 다마오와 가나와 사진을 찍은 후 오가와와 도서관에 갔다. 마사코 선생님은 졸업식에 참석하지 않은 듯 평소 복장 그대로 늘 그랬듯 대출 카운터 안에서 책을 읽고 있었다.

교실의 웅성거림도 여기에는 닿지 않았다. 도서관만 계절이 지나지 않은 듯했다.

우리는 감사의 마음을 담아 마사코 선생님에게 죽순마을과 버섯산을 다섯 상자씩 선물했다. 마사코 선생님은 "올 것 같았다"며 미소 짓더니 우리에게 새빨간 종이로 포장된 무언가를 하나씩 주었다.

"너희가 나와 나이 차이가 아주 크다고 생각하듯 미래가 멀게 느껴지겠지만, 내가 너희를 마치 나 자신처럼 친밀하게 느끼듯 지나간 일은 언제나 가깝다고 느껴진단다. 앞으로는 과거가 점점 늘어날 테니 가까이 있는 게 늘어날 거야."

그런 말과 함께.

평소와 다름없는 작은 목소리였다. 하지만 마사코 선생님이 우리에게 한 말 중 가장 긴 문장이었다. 마사코 선생님이 전하려는 바를 아마도 제대로 이해하지 못하고 있다는 생각이 들어 안타까웠다. 최소한 잊어버리지는 않으려고 머릿속으로 그 말을 반복하며 집으로 돌아왔고, 공책을 꺼내 미시시피, 메소포타미아가 적힌 페이지에 기억나는 대로 적었다.

새빨간 종이로 포장된 건《잃어버린 시간을 찾아서》1권이었다. 오가와는 2권을 받았다.

나는 학원에 다녔다. 이번에 시험을 본 대학보다도 한 단계 높은 도쿄의 사립대학을 목표로 재수생 생활을 시작했다. 지역대학에 떨어진 다마오도 같은 학원에 다녔다.

오가와와 떨어지게 됐지만 그다지 불안하진 않았다. 한 쌍에게 거리는 상관없다. 죽순마을과 버섯산이 따로 진열돼 있어도 그 둘이 세트라는 사실은 누구나 알고 있다.

오가와가 탈 도쿄행 신칸센은 아침 첫 차였다. 플랫폼 기둥 밑 그늘에는 차가운 바람이 불었다. 처음 했을 때처럼 나는 죽순마을을, 오가와는 버섯산을 먹고 나서 키스했다. 나는 유리병을 열어 안의 공기를 입 안으로 쏙 빨아들인 뒤 한 번 더 키스했다.

"맛이 느껴져?" 하고 물으니,

오가와는 "느껴져. 조금 신 맛"이라고 대답했다.

"이 맛이 나는 도쿄 공기를 마실 때마다 나를 떠올려줬으면 좋겠어."

나는 그렇게 말해봤다.

"오사다, 넌 정말 로맨티시스트구나."

오가와는 감격한 듯한 목소리로 그렇게 말하더니, 커다란 가방을 발치에 놓고 양손으로 악수를 청했다. 버석하고 단단한 손이었다. 매일 옆에 있었는데 왜 이 손을 좀 더 잡지 않았을까.

파란색과 분홍색 동그라미가 가득한 도쿄 지도는 내가 갖고 있기로 했다.

"내년에 붙으면 꼭 그거 갖고 와."

신칸센 창문 건너편의 오가와는 여름 도서관에서 병 너머로 봤을 때처럼 멀게 보였다.

*

    새로운 생활이 시작되자 맥이 빠질 정도로 빠르게 오가와에게 차였다.

    일기예보에 따르면 도쿄는 장마 초입이라 비가 오고 있다는 날이었다. 오가와는 전화로 "좋아하는 사람이 생겼어"라고 말했다. 두 살 많은 선배라고 했다.

    그럴 리 없었다. 오가와가 마약 같은 도쿄 공기 때문에 이상해진 걸지도 몰랐다. 오가와에게는 나인데, 그것만큼은 자신과 확신이 있었는데, 확실히 알고 있었는데. 오가와의 프루스트 효과 이론을 같이 실험한 사람은 나뿐인데. 다른 사람은 아무도 모르는 시간과 규칙과 대화와 선물과 웃음과 걷는 속도와 펜을 놀리는 소리와 입 안의 죽순마을과 버섯산이 녹아 섞이는 맛. 그런 것들이 새로운 것에 이토록 쉽게 추월당할 리가 없는데.

    알고 싶지 않았지만 캐묻고야 만 그 사람의 이름은 예쁜 꽃 이름이었다. 나는 그 꽃을 죽을 때까지 사지 않을 것이다.

    "그 사람에게 우리가 했던 실험 얘기했어?"

"비웃었어. 프루스트 효과에도 전혀 관심이 없었고."

오가와는 왠지 사랑스럽다는 투로 말했다.

"그런 사람이어도 돼? 같이 있으면 즐거워? 그런 사람은 도쿄의 공기가 들어간 병을 받아도 절대 기뻐하지 않을 거야."

"응, 그렇지. 병 이야기도 했는데 배를 끌어안고 폭소했어. 그런 걸 받으면 곧장 재활용 분리수거함으로 직행할 거야, 소름이 다 돋네, 라고 하더라. 동아리의 다른 선배들한테도 퍼뜨려서 지금 내 별명은 유리병이야."

심지어 기쁜 것처럼 들렸다.

"내 얘기도 했어?"

"응. 정말 착한 친구네, 라고 했어."

바보가 된 기분이었다. 이런 바보는 도쿄에 있는 대학에 떨어지는 게 당연했다. 오가와는 아무 말도 못하고 있는 내게 말했다.

"그 사람이 다른 남자를 좋아하게 되는 건 참을 수 없어. 너도 정말 좋아했지만, 너한테는 그런 사람이 생겨도 괜찮다는 생각이 들어."

오가와의 목소리 너머로 빗소리는 들리지 않았다. 강한 바람이 부는 듯한 소리가 났고, 더 먼 곳에서는 시끄럽기만 한 가요가 들렸다.

"그 사람하고 키스했어? 하나조노 신사에서? 북극곰 앞에서?"

"했어. 하지만 선배 집에서. 선배도 자취해. 요코하마선 하시모토라는 역에서 걸어서 3분."

"우리 약속은? 동그라미 그린 지도는 어떻게 해?"

오가와는 잠시 침묵한 뒤 말했다.

"그런 거, 이제 아무래도 상관없다고 생각하게 만드는 사람이야."

오가와와 한 쌍인 내가 아니게 됐다. 갑자기 그냥 나 자신으로 돌아와버렸다.

그런데도 태어나서 처음으로 가진 자신과 확신이 틀렸다는 생각을 하지 못하고 전화를 끊자마자 동그라미를 그렸던 도쿄 지도에서 요코하마선 하시모토역을 찾아냈다. 커다란 지도 끄트머리에 겨우 들어가 있는 곳이었다. 가나가와현. 누구도 메모하거나 동그라미를 그리지 않았다.

도쿄조차 아니라니. 한순간에 견딜 수 없어져서 울어버리고 말았다.

　마사코 선생님에게만은 차였다고 편지를 썼다. 나흘 뒤 답
장 대신 《잃어버린 시간을 찾아서》 2권이 도착했다. 책장 어
딘가에 위로 편지가 끼워져 있지는 않을까, 봉투에 남아 있지
않을까 찾아봤지만 아무 데도 없었다.

　원래 학원에서도 계속 버섯산을 먹고 있었지만 전화를 받
은 날부터 그만뒀다. 버섯산은 오가와가 곁에 있던 시간을 떠
올리게 했기 때문이다. 정작 시험 당일에는 프루스트 효과가
나타나지도 않았으면서.

　"도쿄 공기를 마실 때마다 나를 떠올려줬으면 좋겠어."

　오가와는 그 맛도 말도 잊어버렸을 테지만 나는 기억하고
있었다. 만약 지망하는 학교에 합격하면 매일 도쿄 공기를 마
실 테니 매일 오가와를 떠올릴 것이다.

　날이 더워질 무렵, 나를 좋아한다는 남자가 나타났다. 학원
에서 같이 수업을 듣는 사람이었다. 다마오와 얘기하는 걸 본
적은 있었지만, 나와는 인사 정도만 나눴고 몇 번 가까이 앉은
게 다였다.

그는 집에 가는 길에 나를 불러내더니 눈을 똑바로 보고 "4월부터 계속 눈길이 갔어요. 사귀어주세요"라고 말했다. 그도 안경이 어울렸지만 오가와는 다른 느낌이었다. 조금 힘주어 멋을 낸 안경이었다.

"왜 저인가요?"라고 묻자,

"이유는 많지만, 처음에 끌렸던 건 공책에 쓴 글씨가 아주 예뻐서요"라고 말했다.

그는 내가 미시시피를 쓰려고 할 때 미시시괴가 된다는 건 아직 몰랐다. 그런데도 내가 좋다고 그렇게나 당당하게 말했다. 다음 날 쉬는 시간에 다마오에게 이 얘기를 하자, 다마오는 입에 껌을 넣으며 "잘됐다. 고등학생 때 자주 같이 다니던 오가와였나? 걔보다 훨씬 나은데"라고 말했다.

5일 정도 답을 미루다 "저라도 좋다면요" 하고 받아들였다.

좀 더 세심한 여자나 활달하고 귀여운 여자, 아무튼 그에게 어울리는 여자는 얼마든지 있을 것 같은데 왜 나를 좋아하는 건지 진짜 이유를 알고 싶었다.

그는 못된 구석이 하나도 없는 좋은 사람이었다. 친구도 많고 여자들 사이에서 평판도 좋았다. 사귄다는 소식을 들은 다마오가 아닌 다른 친구도 "부럽다"고 했다. 하지만 그는 내가 매일 공부하기 전에 버섯산을 먹었다는 이야기를 하자 비웃었다.

"그런 걸로 외울 수 있다면 누구든 만점을 받겠지."

"그렇지, 누구든 만점이겠지."

나도 그를 따라 웃어봤더니 제대로 웃을 수 있었다.

그와는 많은 일이 빠르게 진행됐다. 오가와가 한 번도 온 적 없었던 우리 집에서 몇 번이나 함께 공부했다. 그는 집에 있던 엄마에게도 예의 바르게 인사했다.

키스한 장소는 특별하지 않았다. 학원 비상계단이나 역이나 각자의 방이었다. 처음에는 다마오가 준 민트 껌 맛이었고, 다음에는 포카리스웨트 맛, 우유가 듬뿍 들어간 커피, 냉라면, 립밤, 학원 수돗물…… 언제나 다른 맛이 났다.

그와 입술이 닿아 있을 동안만 오가와를 생각하기로 했다. 그렇게 정해두지 않으면 끝이 없었다.

이때뿐이라는 듯 열렬히 상상했다. 가본 적도 없는 하나조노 신사에서 뱀을 먹는 여자에게 들키지 않고 오가와와 키스하는 것을. 우에노 동물원에서 북극곰들이 지켜보는 가운데 오가와와 키스하는 것을. 뱀을 먹는 여자는 진한 아이라인이 그려진 눈을 희번덕거리며 시야 구석에서 우리를 발견했지만 결국은 못 본 척해줬고, 북극곰들은 무시하지도 방해하지도 않고 조용히 온화한 눈길을 보냈다.

마사코 선생님 말대로였다. 그와의 지금이나 미래보다, 오가와와의 과거가 훨씬 더 가깝고 다정했다.

다시 여름이 왔다. 1년 만에 여름은 새롭지 않게 됐다. 작년 여름, 재작년 여름, 그 전 여름, 그때까지 보낸 여름을 떠올리기 위한 여름이 돼가는 듯했다. 덧칠하듯 강해지는 건 더위뿐이었다.

"갑자기 소나기가 와서 늦었어. 미안."

그가 우리 집에 왔을 때 밖은 벌써 개어 있었다. 그의 손에는 죽순마을이 든 비닐봉지가 매달려 있었다.

"이게 뭐야?"

방문을 닫고 물었다.

"비를 피하려고 슈퍼에 들렀어. 네가 전에 매일 버섯산을 먹었다고 하길래 조금 신경 쓰여서."

그는 얼굴의 땀을 닦으며 말했다. 종이 팩에 든 토마토 주스도 두 개 들어 있었다.

"과자를 먹을 때는 토마토 주스도 같이 마신다는 우리 집 규칙이 있거든. 할머니가 영양 균형 맞춰야 한다고 잔소리를 해대서. 초콜릿하고 토마토 주스가 의외로 어울려. 아, 나는 버섯산보다 죽순마을을 좋아해서 죽순마을 사왔어."

방 벽에는 레이스 커튼을 뚫고 들어온 석양이 만들어낸 진한 오렌지색 사각형이 떠올라 있었다. 문제집과 필기구를 늘어놓은 그는 오가와보다 명백히 능숙하지 않은 손놀림으로 죽순마을 포장을 뜯었다. 나는 선풍기를 켜며,

"이렇게 더운데 초콜릿이랑 토마토 주스라니……"

하고 말했지만 그는 들은 체도 하지 않았다.

"다행이다. 별로 안 녹았네."

그렇게 혼잣말한 그는 죽순마을을 먹었다. 그러더니 내 입에도 한 알을 넣어줬다.

내가 버섯산이 아닌 죽순마을을 먹은 건 도서관에서 처음으로 키스했을 때와 신칸센 앞에서 키스했을 때뿐이었다. 떠올려버릴 게 분명했다. 히터 소리, 치과 대기실 냄새, 떨어지

는 지도, 파란색과 분홍색 동그라미, 아침의 차가운 바람, 닫히는 신칸센 문.

이미 흐물흐물해진 초콜릿은 입에 넣자마자 쉽게 녹아 금세 달콤함이 퍼졌다. 역시나 오가와가 등장했다. 하지만 달랐다. 나와 같이 있는 오가와가 아니라 본 적 없는 오가와였다.

오가와는 나를 "정말 착한 친구"라고 말한 선배와, 하시모토역에서 걸어서 3분 거리 아파트에서 키스보다 더한 걸 하고 있었다. 지도를 펼쳐 도서관에서 도쿄로 날아갔을 때처럼 나는 그 선배의 아파트에서 두 사람이 움직이는 모습을 보고 있었다.

그곳은 내 방보다도 한층 더 더웠다. 지금껏 경험한 열여덟 번의 여름의 더위가 전부 그 방에 밀려들어간 것 같았다. 숨쉬기가 괴로울 만큼 푹푹 쪄서 시야가 흔들릴 정도였지만 오가와와 그녀는 땀 한 방울 흘리지 않고 계속 움직였다. 오가와의 혀가, 내 입 안의 초콜릿을 녹였던 따뜻한 혀가 몇 번이나 보였다. 프루스트 효과를 비웃었던 선배가 오가와 머리를 쓰다듬으며 오가와를 칭찬하기도 하고 혼내기도 했다. 오가와는 어른이 되고 있었다. 내게는 하려고 생각하지도 않았던 걸 그 선배에게는 하고 싶어서 안달이 나 있었다.

눈을 감아도 감아도 오가와와 그녀가 사라지지 않았다. 열기에 짓눌려 죽을 것 같았다. 입 안의 맛을 흘려보내고 싶어서 손에 든 토마토 주스에 빨대를 꽂고 힘껏 빨아들였다. 종이 팩이 소리를 내며 찌그러졌다. 달고 짜고 셨다. 불은 비스킷이 토마토 씨 같은 식감이 돼갔다. 오가와와 그녀의 모습 위로 점차 안개가 꼈다.

그때였다. 나는 지금 진짜 내 앞에 있는, 나를 좋아한다고 말해주는 그와, 오가와와 그녀가 하고 있는 걸 하고 싶다고 생각했다. 질투도 아니고 자포자기도 아니라 그저 하고 싶다, 해야만 한다고 생각했다.

한 알을 더 입에 넣고 그에게 다가갔다. 오가와 때와 비슷한 맛이 났다. 하지만 혀의 온도나 부드러움은 같지 않았다.

이 사람은 오가와가 아니야, 오가와가 아니야.

더위가 서서히 물러갔다. 좌우로 돌아가는 선풍기 바람이 자세를 바꾸지 않는 나와 그에게서 가까워졌다 멀어졌다를 반복하며 조금씩 우리를 하시모토역 3분 거리 아파트에서 내 방으로 데려왔다.

그의 앞머리는 젖어 있었다. 비가 마르는 냄새와 디오더런트 냄새가 섞였다. 나는 지금부터 그에게, 오가와에게는 보여주지 않은 곳을 보여주고 오가와가 만지지 않은 곳을 만지게 할 것이었다.

'오가와, 나는 너무나 상상이 잘되는 곳에서 처음 하는 일을 하고 있어.'

그렇게 생각하면서 겨우 깨달았다.

죽순마을과 버섯산이 한 쌍은 맞지만, 죽순마을과 같은 수만큼 버섯산이 있는 건 아니다. 한 쌍이 돼야 할 운명으로 태어나도 어쩔 수 없이 홀로 남기도 하는 것이다, 아마도.

초콜릿 매대에 하나만 남겨진 버섯산을 생각해봤다. 아무래도 외로워 보였다. 하지만 곁으로 가 귀를 기울여보니 "홀로 남는 건 아주 당연한 일이야"라고 담담하게 이야기했다. "슬퍼할 일도 아니야." "혼자가 아닌 사람은 없어."

그 목소리는 어느샌가 마사코 선생님의 목소리로 변했다.

"괜찮아. 슈퍼마켓은 넓어서 토마토 주스든 뭐든 가득하단다."

그 목소리를 믿고 싶어서 고개를 끄덕였다.

하지만 과거는 미래보다 너무도 가까우니까, 나는 계속 오가와를 떠올릴 것이다. 만약 오가와와 했다면 어땠을까, 하고. 처음 하는 일을 할 때마다 몇 번이고 몇 번이고.

그러니 나는 먹어본 적 없는 맛있는 음식을 더 많이 알고 싶다. 그 맛에 떠오르는 사람과 일이 많이 생겼으면 좋겠다. 만약 도쿄에 갈 수 있다면 많은 사람을 사귀고 싶다. 도쿄의 공기를 마셔도 오가와만 떠올리지 않도록.

마사코 선생님, 저는 과거를 잘 늘리고 기르면서 어른이 되고 싶어요.

그의 팔에 힘이 들어갔다. 나는 하나조노 신사도 우에노 동물원도 떠올리지 않았다. 이게 끝나면 그 도쿄 지도는 버리자고 생각했다.

봄은 미완

"오늘은 훈훈한 소식부터 전해드리겠습니다. 발정 기미가 보여 전시가 중단됐던 판다 부부가 드디어⋯⋯."

몸에 딱 달라붙는 파스텔색 니트를 입은 젊은 여성 아나운서가 청아한 목소리로 전했다. 판다 두 마리가 슬금슬금 서로에게 다가간다. 아무 말 없이, 혹은 둘 사이에서만 통하는 언어로 무언가를 확인한다. 양쪽 다 겸연쩍은 표정을 짓고 있다. 수컷이 슬쩍 뒤로 돌아가고 암컷이 부끄러운 기색을 보이자⋯⋯.

도쿄 우에노 동물원의 판다가 3년 만에 교미했다. 도쿄보다 봄이 다소 늦게 찾아오는 이 동네에서도 그 뉴스 영상이 여러 번 나왔을 즈음, 아카사카와 나는 고등학교 2학년이 됐고 얼마 지나지 않아 '시티걸즈'를 결성했다.

나는 1학년 때 옆 반이었던 아카사카의 존재를 알고 있었다. 두 반이 함께 진행하는 체육 수업을 같이 들었고, 방과 후 부실동(동아리 부실이 모여 있는 건물 혹은 구역 – 옮긴이)에서 아카사카를 자주 봤기 때문이다.

아카사카는 언제나 여자 탈의실 구석에서 옷을 갈아입었다. 봉긋하게 부풀어 부드러워 보이는 어깨 길이의 일자 단발에 화장기 없이도 정돈된 얼굴. 전체적으로는 세련된 분위기지만 여자들 대부분이 교복 치마를 무릎 위까지 오도록 줄인 가운데 아카사카만은 샀을 때 그대로라고 짐작되는 무릎 아래 길이였다. 대범하게 속옷 차림이 돼가는 여자들 뒤에 숨어, 긴 치마 속에서 꾸물꾸물 학교 체육복 반바지를 입는 모습이 인상에 남아 있었다. 체육 수업을 듣는 그녀는 화사하면서도 문제는 일으키지 않을 법한 분위기의 아이들과 무리 지어 즐겁게 지내는 듯했지만, 부실동에서는 평소 모습의 스위치를 끈 듯한 표정을 한 채 언제나 혼자였다.

아카사카는 사진부에서 두 칸 떨어진 문예부 부실에 있었다. 학교 건물 1층 북쪽 끝에 있는 문화부 부실동은 다른 곳과 달리 벽이 크림색이었고, 볕이 잘 들지 않아 대체로 어두침침하고 공기도 싸늘했다. 활기가 없는 건물에서 유일하게 자주 불빛이 새어나오는 부실이 바로 문예부였다. 입구의 미닫이 문에 있는 작은 정사각형 창으로 안을 훔쳐보면 아카사카가 언제나 열심히 무언가를 읽거나 쓰고 있었다.

나는 휴대폰으로 하늘 사진을 찍는 걸 좋아한다는 이유로 별생각 없이 사진부에 들어간 거라 활동에 열의는 없었지만 방과 후에는 자주 부실에 머물렀다. 부원이 네 명뿐이라 주 1회 있는 활동일이 아닐 때 부실에 가면 대체로 혼자 있을 수 있었다. 시험 기간에는 자리 뺏기 전쟁이 일어나는 도서관에 가는 것보다 마음이 편했으므로 부실에서 숙제를 끝내고 집에 갔다.

하지만 반에 있을 때의 나는 조금 애를 쓰고 있었다. 사오리 때문이었다.

사오리는 1학년 때부터 반에서 비슷한 파장을 가진 아이들을 아주 능숙하게 선별해 재빨리 자기 무리를 만들었다. 1학년 때는 네 명이었고, 2학년이 되어 반이 바뀌었지만 멤버가 두 명 바뀌었을 뿐 여전히 네 명이었다. 나는 어느샌가 그 무리에 들어가 있었다.

사오리가 가끔 목 색깔과 완전히 다른, 지나치게 밝은 파운

데이션을 칠하고 등교하는 건 신경이 쓰였지만, 사오리의 사람 대하는 요령이나 발랄함을 동경하기도 했고, 같이 다니면 도움도 많이 받았다. 사오리는 다른 무리 아이들과도 원만하게 지내서 이상한 대립에 휘말리는 일도 없었다. 그녀가 만들어낸 안전지대의 순종적인 멤버로 있기 위해, 나는 누군가에게 지시받은 적은 없지만 사오리와 비슷한 정도의 무릎 위 길이가 되도록 치마허리 부분을 두 번 접었다. 사진부원들과 있을 때보다도 더 높고 큰 소리로 웃었다. 가끔 웃으면서 박수를 치기도 했다. 하지만 이들에게 내가 찍은 노을 사진을 보여주거나 하는 건 왠지 꺼려졌다. TV에서 본 후 뇌 깊숙이 박힌 판다의 자세에 관한 이야기도 할 수 없었다. 사오리가 추구하는 세계에는 필요 없다고 생각했기 때문이었다. 하지만 혹시 아카사카라면 그런 부분을 서로 나눌 수 있을지도 몰라, 아카사카에게는 노을이 지는 하늘 사진을 보여줄 수 있을지도 몰라. 나는 문예부의 작은 정사각형 창 너머로 아카사카가 보일 때마다 그렇게 생각하곤 했다.

5월의 어느 저녁이었다. 내가 부실의 어지러운 테이블 빈 부분에 공책과 참고서를 펼칠 때, 아카사카가 조심스럽게 노크한 후 갑자기 나타났다.

"갑자기 미안."

아카사카는 변함없이 무릎 아래까지 오는 치마를 입고 반쯤 열린 문 뒤에서 조금 불안한 듯 이쪽을 들여다보고 있었다.

"아오야마 맞지? 1학년 때 옆 반이었던……."

대화한 적은 없었기에 아카사카가 내 이름을 알고 있을 줄은 몰랐다. 당황한 얼굴로 고개를 끄덕이자 아카사카는 "다행이다" 하며 한순간에 꽃이 피듯 환하게 웃곤 기세 좋게 문을 활짝 열었다.

"어제 읽은 소설에 마침 아카사카랑 아오야마라는 여자가 나왔는데, 그 아카사카와 아오야마가……."

아카사카는 내가 끼어들 틈도 주지 않고 소설의 줄거리를 풀어놓았다.

소설 속 아카사카와 아오야마는 절친한 친구로, 둘은 '시티 걸즈'라고 불린다. 아카사카와 아오야마가 도쿄 도심의 지명이기 때문이다. 실제로 두 사람이 사는 곳은 외진 시골이지만, 미래에는 꼭 아카사카와 아오야마의 중간지점에서 같이 살기로 맹세하고 고등학교 생활을 보낸다. 때로는 아련한 사랑, 웃음, 눈물이 있는 산뜻한 우정 이야기…….

"내 이름은 아카사카 아야라고 해. 그리고 네 이름은 아오야마잖아. 꼭 말 해줘야지, 하고 혼자 달아올라서 갑자기 찾아와버렸어. 늘 사진부 부실에 있다는 걸 알고 있었거든."

갑작스러운 방문부터 독백까지 폭풍 같은 기세에 눌려 나도 모르게 몸을 뒤로 빼고 있었다. 내 멋대로 쌓아올린 아카사카의 청초한 이미지는 부서졌지만, 눈앞에 있는 아카사카가 뿜어내는 압도적인 에너지와 휙휙 바뀌는 표정은 근사했다.

"그런 소설이 있구나."

"아마 프로 작가가 쓴 작품은 아닐 거야. 부실에 있는 책에 끼워진 프린트 뭉치였거든. 이름은 적혀 있지 않지만 완성도를 보면 문예부의 누군가가 습작으로 쓰고 놔두고 간 게 아닐까 싶어. 어쨌든 놀랍지 않아? 시티걸즈! 딱 우리 얘기야!"

"시티걸즈……."

어딘가 레트로한 느낌이 드는 그 단어를 내뱉어보니 조금 유쾌한 기분이 들었다.

"좋은 느낌이네, 뭔지 잘 모르겠지만."

그렇게 답하자 무척 들뜬 기색의 아카사카는 그 자리에서 뛰어오를 듯한 기세로 말을 이었다.

"그러니까 아오야마, 우리도 시티걸즈 결성하지 않을래?"

상상했던 모습과는 조금 달랐지만, 아카사카도 내가 아카사카에게 품고 있던 것과 비슷한 감정을 느끼고 있었을지도 모른다고 생각했다.

"물론이지."

망설임 없이 대답하자 아카사카는 정말로 제자리에서 폴짝 뛰었다. 나도 우리를 이어준 그 소설을 얼른 읽고 싶었다.

"그 소설 지금 문예부 부실에 있어?"

아카사카는 "미안, 집에 두고 왔어. 다음에 가져올 테니까 일단 내일 시티걸즈로서의 첫 활동을 시작하자"고 말했다.

우리는 다음 날부터 문예부 부실에서 만났다.

벽에는 천장까지 닿는 슬라이드식 책장이 두 줄로 놓여 있고 가운데에는 큰 철제 책상이 떡하니 자리 잡고 있어 사진부 부실보다 더욱 좁게 느껴졌다. 책장에는 틈새를 메우는 게임처럼 책이 빽빽이 들어차 있었다.

우리는 우선 도쿄 가이드북을 사서 부실 책장에 억지로 끼

위넣었다. 다음에 만났을 때는 가이드북에서 아카사카와 아오야마의 위치를 확인했다. 아카사카는 자기 이름인 아카사카는 금방 찾아냈지만 아오야마를 찾는 데는 시간이 좀 걸렸다. 검지로 JR 시부야역에서부터 헤매다 겨우 찾았다. 생각보다 아카사카와 아오야마가 훨씬 가깝다는 사실을 알았을 때는 서로 손을 붙잡고 기뻐했다. 아카사카가 말했다.

"만약 시티걸즈가 도쿄에 있는 대학에 가게 되면 그 소설처럼 아오야마와 아카사카 사이에 있는 연립주택에서 같이 살자. 외벽은 역시 보라색이 좋겠지? 파랑과 빨강을 섞으면 보라가 되니까(아오야마靑山와 아카사카赤坂의 한자에는 파랑과 빨강이 들어간다－옮긴이). 연립주택 이름은 시티걸즈 하우스면 좋겠어."

소설을 좋아하는 사람은 다 그런 건지 모르겠지만, 아카사카는 곧잘 공상에 빠졌다. 도쿄 도심 월세 현황이나, 연립주택 이름과 외벽색을 정할 권한이 보통 세입자에게 없다는 사실 같은 현실적인 건 생각하지 않았다. 하지만 그곳에서의 생활을 상상할 때 분명 두근거렸으므로, 나는 "컵도 보라색으로 맞추자"고 말했다.

아카사카는 도쿄를 굉장히 동경했지만, 그건 도쿄에서 이루고 싶은 뭔가가 있어서가 아니라 그곳에 가면 뭔가가 일어날지도 모른다는 기대 때문인 듯싶었다. 아무래도 이야기의 무대로서의 도쿄를 동경하고 있는 것 같았다.

"다니자키 준이치로(일본의 탐미주의 소설가 - 옮긴이) 씨 소설에 이런 말이 있어. 도쿄는 아무리 구석구석 걸어다녀도 어느 순간 갑자기 다른 세계처럼 느껴지는 장소와 만나게 된다. 나는 꼭 그런 도시에서 살고 싶어."

아카사카는 교과서에 실린 작가여도 친한 선배인 양 반드시 '씨'를 붙여 불렀다.

가방에는 언제나 양장본과 문고판, 두 종류 책을 넣어 다녔다. 내가 본 것만 해도 로맨스, 추리, 호러, 교과서에 자주 나오는 옛 소설가의 명작까지 장르는 다양했지만 "SF는 읽지도 않고 싫어한다"고 했다. '시티걸즈'가 나오는 그 소설은 좀처럼 가져오지 않으면서 나도 읽기 쉬울 법한 책은 끊임없이 빌려줬다. 나는 활자와 거리가 멀어서 중간에 그만두는 책도 많았지만 아카사카는 신경 쓰지 않았다. 나는 아카사카에게 하늘 사진집을 빌려줬다.

얼마 지나지 않아, 아카사카가 정식 문예부원이 아니라는 걸 알게 됐다.

"진짜 부원은 지금 1학년 두 명이 다야. 그 애들도 전혀 오지 않고. 그러니까 우리가 맘대로 써도 돼."

부원이 아닌 그녀가 부실에 드나드는 데는 두 가지 이유가 있었는데, 첫 번째는 '예전 부원들이 쓴 작품집을 독파하고 싶어서'였다. 아카사카는 의자에 올라가 책장 위에서 작품집을 몇 권 꺼냈다. 간단하게 제본된 책이었고 표지에는 부장들이 그렸다는, 그해를 상징하는 일러스트가 있었다.

"이때는 마이클 잭슨 실루엣이야. 마이클 잭슨이 죽은 해거든. 그건…… 그림이 엉망이라 못 알아보겠네."

역대 문예부원이 제작한 작품집은 다 합치면 50권이 넘어보였다. 많은 부원이 활발하게 활동한 시기도 있었던 듯했다.

"우에노 선생님은 금방 허락해줬어. 옛날 작품집에 관심을 갖는 학생은 흔치 않다면서 아주 기뻐하더라고."

문예부 고문이자 국어를 가르치는 우에노 선생님은 부실 출입을 흔쾌히 허락해줬다고 했다. 학교에서 제일 고참인 그는 4월 개학식에서 매번 "우에노 동물원의 판다 '톤톤'이 태어난 해부터 이 고등학교에 있는 우에노입니다"라는 의미불명의 인사를 하는 것으로 유명했다. 최근 부쩍 깜빡깜빡하는 일이 많아졌지만 "아무리 노망이 나도 문예부원과 그들이 쓴 작품은 잊지 않는다"는 선언을 하며, 작품집에 관심을 가지는 아카사카를 금방 마음에 들어 했다고 한다.

원고지 두 장 정도로 완결된 것, 이야기가 계속 커져서 정리되지 않은 채 억지로 매듭지어진 대장편, 명백하게 인기 작가 문체에 영향을 받은 것과 매일 먹는 도시락 반찬을 나열한 일기 같은 것, 너무 질척한 로맨스 소설, 당시의 교사들이 대활약하는 액션물. 아카사카는 정말 다양한 작품이 가득하다고, 그것들 모두 소중하다는 듯 말했다.

"하지만 왜? 굳이 평범한 고등학생이 쓴 작품을 읽을 필요는……"

"네 말대로 여기에 있는 작품들은 상품으로 팔리지 못할 것들이 대부분이지만, 나는 읽으면 읽을수록 두드려맞는 기분이야. 이것들을 전부 나와 똑같은 고등학생이 썼구나, 나는 이중 하나조차 쓸 수 없구나, 하고. 나는 옛 작품집을 읽고 마음에 드는 걸 필사하거나 인상적인 작품의 해설이나 감상을 쓸

뿐인데 말이야."

이해가 될듯 말듯 해서 애매하게 고개만 끄덕였다.

"그렇게 열의가 있으면 가입하지 그래?"

내가 말하자, 아카사카는 진지한 눈빛으로 말했다.

"우에노 선생님도 부원이 적으니 들어와달라고 몇 번이나 얘기했지만 거절했어. 나는 내 힘으로는 절대 소설을 쓸 수 없으니까, 정식 부원이 되면 안 돼. 문예부원에 대한 존경의 의미야."

그 눈 깊은 곳에는 분명 소설을 향한 진심이 있을 거라 생각했다. 내가 상상하는 것보다 더 강한 진심.

"참, 초보자는 우선 프로가 쓴 문장에 익숙해지는 편이 좋아. 내가 빌려주는 책을 최소한 50권 읽을 때까지는 문예부 작품집에 손대는 건 금지야."

나는 아카사카의 말을 꼭 지키겠다고 결심했다.

"아오야마는 좋아하는 사람 없어?"

아카사카는 우리가 서로 꽤 친해진 후, 즉 여름방학이 시작되기 직전에야 부실에 드나드는 두 번째 이유를 말해줬다. 별이 잘 들지 않는 부실동은 바람이 부는 날에는 창문만 열면 에어컨이 없어도 지낼 만했다. 아카사카는 책상 위에 어지럽게 쌓여 있는 하얀 원고지가 날아가지 않도록 책장에서 빼낸 두꺼운 책으로 눌러놓으며 아무렇지도 않게 "나는 좋아하는 사람이 있어"라는 말을 했다.

"올봄에 졸업한 두 학년 위의 문예부 OB인 마쓰도 선배라는 사람."

그렇게 말하고 클립으로 묶인 종이 몇 장을 내밀었다.

"이게 그 사람이 쓴 손바닥 소설이야. 미완이지만."

나는 손바닥 소설이라는 단어를 처음 들었다. 전체적으로 구겨지고 군데군데 누레진 오래된 종이에 촘촘한 세로쓰기로 활자가 인쇄돼 있었다. 오른쪽 위 구석에 '마쓰도'라고 휘갈겨 쓴 서명이 있었지만 제목 같아 보이는 것은 없이 곧장 본문이 시작됐다.

"마쓰도 선배는 전설의 부원이야. 3년 동안 한 작품도 완성을 못해서 작품집에는 결국 아무것도 올리지 못했다고 우에노 선생님이 가르쳐줬어. 하지만 미완 작품은 많았던 모양이야. 이건 마쓰도 선배가 1학년 때 쓴 거고. 작년에 책장 틈에 있는 걸 발견해서 읽게 됐는데 이거야말로 내 이야기를 쓴 소설이라고 생각했어. 아주 좋아하는 소설이 됐지."

아카사카는 저자를 만나고 싶어서 매일같이 부실로 향했다. 언제 나타나도 상관없도록 책상에는 그 손바닥 소설의 원고를 놓고 지내다 어느샌가 그게 습관이 돼버렸다.

"어릴 때부터 나도 소설 주인공이 되면 좋겠다고 생각했어. 조금 부끄럽지만 때로는 그럼 스스로 써버리자는 생각이 들더라고. 하지만 그때마다 하나도 쓸 수 없었어. 그래서일까? 이 소설을 읽었을 때 꿈이 이뤄진 것 같은 기분이 들어서, 선배가 꿈을 이뤄준 왕자님처럼 느껴지더라."

드디어 그의 얼굴을 본 날을 이야기할 때, 아카사카의 뺨은 빨개졌다.

"딱 1년 전쯤인가? 본 적 없는 남학생이 교과서를 잔뜩 끌어안고 들어왔어. 그걸 책상 위에 털썩 내려놓더니 나랑 그 원고를 보곤 '이걸 읽었어요?' 하고 존댓말로 물어보더라고. 그때 얼굴을 보고, 아, 이 사람이 썼구나, 바로 알아차렸어."

그야말로 로맨스 소설의 첫 만남 장면이었다는 듯했다. 그 순간, 창에서 빛과 함께 바람이 들어와 주위의 종이가 일제히

날렸다. 아카사카의 치마와 마쓰도 선배의 앞머리 역시 바람에 나부꼈다.

"이걸 읽었어요?"

그렇게 말한 마쓰도 선배의 입가에는 부끄러움과 어색함과 기쁨이 섞인 듯한 것이 떠올랐다. 아카사카는 그 표정을 하나도 놓치지 않으려 애쓰며 호흡을 가라앉히고 답했다.

"발견한 후로 매일 읽고 있어요."

"매일?"

"네, 아주 좋아해요."

"미완인데."

"미완이라도요."

마쓰도 선배는 아카사카가 상상하던 그대로의 사람이었다고 했다. 큰 키와 마른 몸에 외꺼풀. 가늘고 곧은 머리카락이 눈을 조금 가렸지만 어두운 느낌은 아니었다. 말투는 예의 발랐다. 무거운 짐 드는 걸 싫어해서, 여름방학에 집으로 가져가야 할 책과 물건 등을 전부 부실에 두고 갔다.

"1학년이야?"

"네. 정식 부원은 아니지만 매일 오고 있어요. 이걸 쓴 마쓰도 선배라는 사람을 보고 싶었거든요. 이 소설에는 저에 관한 이야기가 쓰여 있어요."

아카사카는 몇 번이나 상상했던 것처럼 마쓰도 선배의 눈을 바라보며 말했다.

수험생인 마쓰도 선배는 여름방학 동안, 그때까지는 오지 않던 문예부 부실에서 공부했다. 아카사카는 그의 옆에서 작품집을 읽어나갔다.

"아카사카의 옆모습을 보고 있으면 뭔가 쓸 수 있을 것만 같아."

마쓰도 선배는 매일같이 그렇게 말하며 공부하는 틈틈이 뭔가 떠오른 듯 원고지를 펼치기도 했지만, 결국 이어나가지 못했다. 아카사카는 그런 그를 못 본 척했다.

그해 여름의 최고기온을 기록한 날의 저녁이었다. 페트병에 든 차가운 녹차를 두 병 사서 돌아온 선배는 조용히 휴필休筆을 선언했다.

"입시가 끝날 때까지는 일단 안 쓰려고."

"끝나면 다시 써요?"

아카사카가 물었다.

"아마도. 완성을 못하지만."

"저를 또 등장시켜 주세요."

그 후 마쓰도 선배는 아카사카를 자기 무릎 위로 불렀다.

"앉아."

아카사카가 머뭇거리자 마쓰도 선배는 그날도 책상 위에 펼쳐져 있던 손바닥 소설의 원고 한 장과 셀로판테이프를 집어 들고 문에 달린 작은 정사각형 창에 붙여 커튼으로 삼았다.

"이러면 어디에서도 안 보여."

……거기에서 아카사카는 잠시 이야기를 끊었다.

"사귀었다는 말이지? 지금도 사귀어?"

내가 묻자, "지금은, 아마도 아니"라고 말했다.

아카사카는 슬픈 표정을 지었다.

아카사카와 마쓰도 선배는 친밀한 사이가 됐지만, 그는 여름방학이 끝난 뒤 부실에 잘 오지 않았고 입시가 다가오자 아카사카의 연락도 받지 않았다. 마침내 마쓰도 선배는 도쿄에 있는 사립대학 국문과에 합격해서 이 마을을 떠나게 됐다.

졸업식날, 마쓰도 선배에게 불린 아카사카는 부실에서 그를 기다렸다. 그는 졸업증서가 들어간 통만 들고 나타났다. 역시 무거운 짐을 드는 건 싫은 것이다.

"도쿄 동물원의 판다가 3년 만에 교미했다지?"

마쓰도 선배는 들어오자마자 진지한 얼굴로 그런 이야기를 꺼냈다. 무슨 말을 들을지 불안한 마음으로 기다리던 아카사카는 맥이 빠졌다.

"오늘 아침에 엄마랑 있을 때 TV에서 그 영상을 봤어요. 어색했죠."

아카사카가 웃어 보였지만 마쓰도 선배는 점점 더 알기 어려운 표정을 지으며 말했다.

"아카사카에 대해 곰곰이 생각하다 결국 헤어지자는 말을 하려고 불러냈어. 하지만 역시 그것도 슬퍼. 내가 마구잡이로 쓴 거나 다름없는, 완성도 못한 소설을 이렇게 좋아해주는 사람은 다시 나타나지 않을 거라고 생각해, 그러니까."

"안 나타나요. 선배를 남자로서 좋아하는 사람은 많이 있을지도 모르지만, 선배 소설을 나보다 더 좋아하는 사람은 절대로 없어요."

아카사카는 도중에 그의 대사를 끊고 단언했다.

마쓰도 선배는 조용히 아카사카를 쳐다봤다. 그의 눈 깊은 곳에서 어떤 감정이 움직이고 있는 건지 그녀는 알 수 없었다. 건물 바깥에서 활기찬 목소리가 들렸다. 졸업생들이 서로 사진을 찍어주거나 헹가래를 치는 모양이었다. 부실 안에서는 침묵만 흘렀다. 침묵을 깬 건 마쓰도 선배였다.

"판다. 그럼, 그 판다가 교미하는 봄에만 만나는 건 어때."

"판다……."

잠시 아카사카의 사고 회로가 멈추고, 여성 아나운서의 목소리와 함께 판다들이 교미하는 모습이 재생됐다. 오늘은 훈훈한 소식부터 전해드리겠습니다. 발정 기미가 보여 전시가 중단되었던 판다 부부가 드디어…….

"미안, 아카사카는 내게 소중한 사람이지만 그게 여자로서 좋아하는 건 아니라고 어렴풋이 생각했어. 그러니까 헤어지는 편이 좋을 것 같아. 하지만 앞으로 못 만나는 건 역시 싫어. 너무 내 멋대로라 어떻게 해야 할지 고민하다 오늘 아침에 마침 판다 뉴스가 보이길래 판다의 속도는 좋구나 싶어서, 그래서……."

뜯어진 데를 깁듯 말을 덧붙이는 마쓰도 선배에게 아카사카는 미소 지었다.

"좋아요. 판다의 속도라도."

졸업증서가 든 통이 바닥에 굴러 경쾌한 소리가 났다. 마쓰도 선배는 아카사카를 부드럽게 끌어안고……, 거기서 이야기는 다시 중단됐다.

좀 전에 이야기했던 '그야말로 로맨스 소설의 첫 만남 장면'을 재현하듯 창으로 바람이 불어와 아카사카는 눈을 감았다.

"아니, 그건 너무해."

나는 차가워졌다. 작품을 읽고 그 작가를 사랑하게 된다니 내겐 이해할 수 없는 일이었다. 아니, 그건 그렇다 쳐도 마쓰도 선배는 너무했다. 자기를 좋아해주는 존재를, 자기를 우러러봐주는 존재를, 언젠가 자신이 약해졌을 때를 위해 남겨두고 싶을 뿐이다. 게다가 판다의 교미라니. 완전히 바보 취급하는 거다. 전혀 로맨틱하지도 않은 데다, 올봄은 어쩌다 3년 만이었지만 그 전에는 5년 만이었다. 누구도, 아마 판다 자신조차 예상할 수 없는 불확실한 속도다. 나는 분노했지만 아카사카는 온화한 미소를 머금고 있었다.

"아마 다들 그렇게 말하겠지. 하지만 너도 그 소설을 읽어봐. 읽어보면 달라질지도 몰라."

그리고 마쓰도 선배의 작품을 든 내 손 위로 자기 손을 가만히 겹치더니 아래를 보며 말했다.

"나는 내가 소설을 못 쓴다는 사실이 정말로 언제나 언제나 서러웠어. 아마 네가 상상하지 못할 정도일 거야. 이렇게나 좋아하는데, 몇 번을 시도해도, 어떻게 해도 쓸 수 없더라. 내가 좋아하는 남자는 모두 나를 좋아하지 않는다는 인생이 확정된 것 같은 괴로움이었어. 하지만, 내가 주인공이라고 착각하게 해준 마쓰도 선배의 소설에 겨우 구원받은 느낌이 들어. 이소설의 주인공으로 있을 수 있다면 나는 이제 소설 쓰기만이 아니라 다른 아무것도 필요 없다는 생각마저 들어."

느릿한 말투에는 뭔가 맹세의 말을 읊는 듯한 엄격한 분위기가 맴돌았다. 나는 지금까지 이렇게 강한 감정을 품은 적이 있었나? 당황한 나머지 결국 아무 말도 하지 못했다.

"하지만, 이렇게나 좋아해도 마쓰도 선배는 시티걸즈에는 절대 들어오지 못해. 마쓰도는 지바 지명이고, 시티도 아니니까. 애초에 걸도 아니지만."

아카사카는 평소처럼 웃는 얼굴로 농담처럼 덧붙였다.

마쓰도 선배가 썼다는 그 미완의 손바닥 소설은 활자와 거리가 먼 나도 금방 다 읽을 수 있을 정도로 짧았다.

주인공은 무릎 아래 길이 치마를 입는 여고생이었다. 아카사카 말대로 이 부분은 그녀와 닮았다. 하지만 이걸 빼곤 아카사카가 그 소설에 이렇게까지 매료된 이유가 뭔지는 알 수 없었다. 문맥은 엉망진창이고 불필요한 수식어구와 쓸데없이 어려운 단어가 많았다. 특히 주인공의 행동이 이상했다.

그 소설의 큰 줄거리는 '봄을 싫어하는 여고생이 봄으로부터 도망치기 위해서 달린다'였다. 프롤로그는 이랬다.

'봄이 갑자기 나타나는 게 아니라 슬금슬금 다가오는 거라면 달아날 수 있다고 생각했다. 대비한다, 피한다, 비킨다, 불러들인다, 내가 먼저 달려든다. 그 외에도 선택지는 있지만 어느 날 나는 그저 혼자서 도망쳐보고 싶었다.'

달려서 봄으로부터 도망칠 수 있다니. 너무 어처구니없고 논리적으로도 엉망진창인 데다 여고생이라기엔 공상이 심했다. 당연히, 아무리 달려도 달려도 봄은 온다. 아카사카가 이 소설을 좋아하게 된 건 존중하고 싶었지만, 이상한 약속으로 아카사카를 묶어둔 마쓰도 선배는 소설을 읽어도 용서하고 싶지 않았다.

다음 날, 아카사카에게 "고마워, 금방 다 읽었어"라고만 말하고 돌려줬다.

"혹시 알고 있었어? 나도 예전부터 이 주인공처럼 왠지 봄이 오는 게 무서웠어. 올해도 선배와 헤어지는 봄이 싫어서 혼자서 운동장, 학교 계단, 부실동 복도, 집 주위, 아무리 짧은 거리라도 달릴 수 있을 때는 달렸어. 하지만 지금은 봄이 기다려져. 판다가 할지도 모르니까. 선배와 만날 수 있을지도 모르니까. 봄을 좋아할 수 있도록 판다에 관한 약속을 해주다니, 역시 마쓰도 선배는 대단하지 않아?"

아카사카 머릿속이 마쓰도 선배의 손바닥 소설로 가득 차서, 시티걸즈 소설을 가져온다는 약속도 까맣게 잊은 것 같았다. 그걸 질투했는지, 나도 그 후로 틈만 나면 마쓰도 선배가 어떤 사람일지 자세히 상상하곤 했다. 옆에 있을 때의 냄새, 연필을 쥐는 법, '판다'의 '파'를 발음하는 방식, 아카사카가 앉았던 무릎의 온도. 아카사카의 기분을 이해하고 싶었다.

아카사카가 마쓰도 선배에 대해 털어놓은 후, 문예부 책장에는 판다의 생태를 그린 어린이책과 동물원 가이드북이 추

가됐다. 아카사카가 작품집을 읽는 중간중간 나는 그것들을 읽었기에 판다에 관한 지식을 조금씩 얻을 수 있었다.

시티걸즈 활동은 암묵적인 동의하에 줄곧 둘만의 비밀이었다. 아카사카는 반에서 소설 이야기는 하지도 않는다고 했다. 그게 사실인지 쉬는 시간에 복도에서 가끔 보이는 그녀는 봄을 맞이하는 판다에게서 관찰되는 변화나 시티걸즈 하우스 평면도에 대해 열렬히 떠드는 아카사카와 같은 사람으로 보이지 않았다. 나는 사오리가 같이 놀자고 부를 때 거절하는 일이 많아졌다. 허리 부분을 두 번 접던 교복 치마도 한 번만 접어서 내가 가장 편안하게 느끼는 길이로 바꿨다.

여름방학이 된 후로도 시티걸즈는 종종 만났다. 역 앞에 있는 유일한 1020 패션 쇼핑몰에 갔다가 카페에 들르는 패턴이었다.

그날, 카페에는 길 쪽으로 난 큰 창가 자리만 비어 있었다. 볕이 지나치게 잘 들어서 아카사카는 커다란 딸기 파르페를, 나는 땀을 약간 흘리며 초코 선데이를 입에 물었다.

"여기 약간 시티 느낌이 나""통행량은 아마 아오야마와 아카사카의 3분의 1도 안 되겠지만 말야" 하는 말을 주고받았는데, 아카사카가 갑자기 몸을 움츠렸다.

"앗, 저 사람."

목소리를 낮춘 아카사카는 창밖을 가리켰다. 그쪽을 보니 젊은 남자 두 명이 역 쪽에서부터 캐리어를 끌며 이쪽으로 걸어오고 있었다.

"저 사람, 저기 오른쪽 사람, 마쓰도 선배야."

큰 키와 마른 몸에 외꺼풀. 긴 직모. 캐리어는 옆의 남자 것보다 꽤 작았다. 어쨌든 아카사카에게 들었던 특징과 똑같은 남자가 있었다.

"말 안 걸어도 돼?"

나는 급히 물었다.

아카사카는 파르페의 그늘이라도 되겠다는 듯 머리를 수그렸지만 전혀 숨어지지 않았다.

"응, 괜찮아."

"아니, 그래도 많이 좋아하는 사람이잖아. 그렇게나 만나고 싶어 했으면서."

"괜찮아, 약속했으니까. 판다가 한 봄에만 만난다고……."

아카사카는 창밖을 보지 않으며 가련하게 말했다.

　　　　　　　　　　　　　봄은 미완

마쓰도 선배는 아카사카의 존재를 눈치채지 못하고 친구와 이야기를 하며 카페 바로 앞을 지나갔다. 나는 사오리와 있는데 예쁜 하늘을 만나버렸을 때처럼, 가능한 한 그 순간을 기억에 새겨두려고 했다. 창유리 한 장 너머 그의 모습, 아카사카의 마음을 뒤흔든 남자의 모습. 눈을 감으면 그의 실루엣이 선명하게 떠오를 정도로 똑똑히 새겼다. 오후의 강한 햇빛이 쏟아지는 뒷모습은 조금씩 작아졌다.

"이제 갔어."

작은 목소리로 알려줬다.

고개를 든 아카사카는 뭔가 떨쳐내려는 듯 녹기 시작한 아이스크림 부분을 맹렬한 속도로 먹었다.

나는 초코 선데이를 반쯤 남겼고, 이후 며칠 동안 식욕을 잃어버리고 말았다. 마쓰도 선배는 상상했던 것보다 멋있지 않았다. 하지만 아카사카가 말했던 감정과 추억에 그 남자의 모습을 반영해서 다시 재생해보니 심장 소리가 조금 커지고 얼굴이 달아올랐다.

새로운 학기가 시작되고 학교 축제가 다가오자 문화부 부실동에도 활기가 돌았다. 사진부 전시 준비도 있어서 시티걸즈가 만나는 횟수는 줄었지만, 겨울이 오고 기말고사가 끝나자 다시 원래대로 돌아왔다. 마쓰도 선배는 한동안 화제에 오르지 않았지만 새해가 되자 아카사카는 확연히 들뜨기 시작했다.

2월 중순, 도쿄에서는 이르게 하루이치반春一番(봄이 될 때 일본 대부분 지역에 부는 강한 남풍 - 옮긴이)이 불었다는 뉴스가 들려왔다. 그날도 평소처럼 문예부 부실에 있었는데, 작품집을 읽던 아카사카가 안절부절못하며 몇 번이고 눈을 들더니 "지금 뛰어보자"고 말했다.

"아오야마, 같이 뛰자. 하지만 봄으로부터 도망치기 위해서가 아니라 조금이라도 빨리 봄을 따라잡기 위해서 뛰고 싶어."

봄이 어디 있는지 알고 있다는 듯한 대사였다. 어디를 향해 달리면 도망칠 수 있는지, 혹은 따라잡을 수 있는지, 왠지 아카사카는 알고 있는 것 같다고 잠시 생각하다 제정신으로 돌아왔다. 어디로 달리든 봄으로부터 도망칠 수 있을 리도, 따라잡을 수 있을 리도 없다. 너무 엉뚱하고 논리적이지도 않은, 공상 그 자체였다. 그런데도,

봄은 미완

"달릴까?"

하고 대답하고 있었다.

우리는 교복 차림 그대로 나갔다. 조명이 약하게 비쳐 어스레한 운동장의 반을 축구부가, 나머지 반을 육상부가 쓰고 있었다. 우리 시티걸즈는 어느 쪽도 방해하지 않도록 코스에서 거의 벗어난 가장자리를 크게 돌아 달리기로 했다.

"준비"까지만 말했는데 아카사카가 갑자기 튀어나갔다. 나도 얼른 달려나갔지만 로퍼 한 짝이 벗겨질 뻔해서 출발이 조금 늦어졌다.

아카사카는 처음부터 전력으로 질주했다. 묶지 않은 머리가 위아래로 마구 흔들렸고 트레이드마크라고도 할 수 있는 긴 치마가 격렬하게 휘날렸다. 육상부 사람들이 의아한 표정으로 보고 있었지만 아카사카는 신경 쓰는 것 같지 않았다. 눈앞에 보이는 봄을 향해 달리는 데만 열중하고 있는 듯했다. 그 모습을 보니 나도 자연스레 속도를 내게 됐다.

아카사카를 쫓듯 로퍼 바닥으로 흙을 박차고 공기를 가르듯 나아갔다. 하나로 묶은 머리카락이 아플 정도로 흔들리고 아카사카보다는 짧은 치마가 뒤집혔지만 점차 다른 사람의 시선 따위는 신경 쓰지 않게 됐다. 몸에 닿는 밤바람이 의외로 부드러웠다. 아직 멀었다고 생각했던 봄이 바로 앞에 와 있었다. 판다도 이 기운을 느끼고 있을까. 봄을 맞이할 채비를 시작했을까.

아카사카와의 거리는 줄어들지 않았다. 아카사카는 마쓰도 선배와 만날 수 있을지도 모르는 봄을 조금이라도 따라잡기 위해 달리고 있었다. 나는 무엇을 위해서 달리는 걸까? 점점 호흡이 가빠졌다. 나는 아마도 지금, 봄으로부터 도망치기 위해 달리고 있다고 생각했다. 아카사카와 마쓰도 선배가 만날지도 모르는 봄이 싫어서, 보이지 않는 봄으로부터 도망치고 있었다.

깨닫고 말았다. 나는 마쓰도 선배와 아카사카가 판다처럼 되는 게 싫었다. 아카사카가 마쓰도 선배에게 상처받을지도 모르는 게 싫었다. 마쓰도 선배가 아카사카를 끌어안는 것도 싫었다. 아카사카가 마쓰도 선배의 머리카락을 쓰다듬는 것도 싫었다. 마쓰도 선배가 소중한 아카사카를 만지는 게 싫은 걸까, 아니면 아카사카가 마쓰도 선배를 만지는 게 싫은 걸까. 생각이 잘 이어지지 않았고 숨은 더욱 차올랐다. 괴롭지만 열

봄은 미완

기를 품은 몸은 저절로 앞으로 나아갔고 속도는 떨어지지 않은 것처럼 느껴졌다. 그래도 마지막까지 아카사카를 따라잡지 못했다.

한 바퀴 돌았을 뿐인데 너무 힘들었다. 아카사카는 무릎에 손을 대고 숨을 골랐고, 나는 운동장 옆 마른 풀밭 위에 주저앉았다. 흙먼지를 뒤집어쓴 탓에 우리 둘 다 로퍼가 더러웠다. 마무리 운동으로 가볍게 조깅 중인 육상부원들이 지나가자 달릴 때 느꼈던 바람이 다시 살짝 불었다.

아카사카는 숨을 고르고 말했다.

"봄을 따라잡는다기보다 봄과 나란히 달리는 기분이었어."

마쓰도 선배의 소설만큼이나 공상 같은 대사였다. 아카사카 이마에서는 땀방울이 빛나고 있었다.

"나란히 정도가 아니라 벌써 여름 같아."

나도 마쓰도 선배가 쓸 법한 대사를 읊고 있었다. 아카사카는 끄덕이더니 나를 끌어당겨 안았다.

"같이 달려줘서 고마워."

마치 봄 같은 체온.

"아오야마, 나 온전히 그 소설의 주인공이 된 것 같은 기분이야. 이제 괜찮아."

아카사카의 목 부근에서 땀 냄새인지, 오래된 종이와 닮은 흑설탕 같은 향기가 났다. 나는 역시 무슨 말을 해야 할지, 어떤 표정을 지어야 할지 알 수 없었다.

얘기해본 적도 없고, 한 번밖에 본 적 없는 마쓰도 선배를 좋아할 리 없었다. 하지만 그 소설대로 나는 봄으로부터 도망치기 위해 달렸다.

그 소설은 나에 대한 이야기일지도 몰라. 나도 어느샌가 그렇게 생각하고 있었다.

마쓰도 선배를 한 번 더 보고 싶었다.

다음 날부터 나는 문예부 부실에서 멀어졌다. 아카사카와 마쓰도 선배, 그리고 달릴 때 느껴진 내 감정에 대해 생각하는 걸 멈추고 싶었기 때문이다. 아카사카도 그 후로 연락하지 않아서 뭔가 눈치챘을지도 모른다고 생각했다.

달리던 밤에는 확실히 봄이 가까이 있었는데, 3월이 돼도 북풍이 약해지지 않아 코트 단추를 꼭꼭 채우고 등교했다. 도쿄에 있는 판다에 대해선 아직 아무것도 들리지 않았다.

그날 방과 후에 사오리의 제안으로 오랜만에 반의 4인조가 되어 역 앞 카페에 들렀다. 여름방학에 아카사카와 자주 가던 곳이었다. 걸으면서 사오리가 "또 반이 바뀔 시기가 와버리네" 하고 아쉬운 듯 말해서 나도 비슷한 톤으로 맞장구를 쳤다. 이 테두리 안으로 돌아오자 사오리가 이끄는 세계에서 주어진 역할을 수행하는 쪽이 편할지도 모른다는 생각도 들었다. 아카사카와 있을 때 처음으로 알게 된 진짜 나는 자극적이고 신선했지만, 내 상상마저 초월해버렸다. 그때마다 나는 할 말을 잃었다.

마쓰도 선배를 봤던 그 자리는 아니길 바랐지만 내 기도는 통하지 않았다. 그때와 메뉴라도 다르게 하려고 따뜻한 카페라테만 주문했다. 평일 해가 질 무렵이라 지나다니는 사람이 많았다. 그런 우연이 일어날 리 없다고 생각하면서도 나는 젊은 남자가 지나갈 때마다 눈으로 좇고 있었다.

"아, 선배!"

옆에 있던 사오리가 갑자기 소리치며 손을 흔들었다. 대학생으로 보이는 커플 중 여자 쪽이 사오리를 알아보곤 웃는 얼굴로 마주 손을 흔들었다. 다른 한 손은 남자친구의 손을 잡고 있었다.

"중학생 때 동아리 선배야. 흠, 남자친구도 멋있는 것 같기도?"

사오리의 말을 듣고 그를 쳐다봤다. 큰 키와 마른 몸에 외꺼풀. 검은 머리카락은 전보다 짧아졌지만 금방 알아볼 수 있었다. 그는 여름에 여기서 본 마쓰도 선배였다.

나도 모르게 일어선 탓에 테이블이 흔들려 카페라테가 약간 넘쳤다. 당황한 사오리와 친구들의 목소리를 뒤로하고 그를 쫓아갔다. 두 사람은 손을 잡은 채 쇼핑몰 쪽을 향해 걸어갔다. 마쓰도 선배는 여자친구가 어깨에 걸고 있던 토트백을 들고 있었다. 무거운 짐 드는 거 싫어한다더니.

"마쓰도 선배!"

거의 소리를 치듯 불렀지만 그는 돌아보지 않았다. 지나가는 사람만 의아한 얼굴로 자신을 쳐다봤다. 건물 자동문으로 들어가기 직전, 한 번 더 그의 이름을 부르며 여자친구의 손을 잡고 있는 쪽의 팔을 붙잡았다. 선배는 눈을 크게 뜨곤 겁먹은 듯 내 손을 떨쳐냈다. 거절이라기보다는 방어하는 동작이었다.

"너 누구야? 내 이름은 마쓰도가 아닌데."

미간에 주름을 잡은 그의 옆에 있는 여자친구도 의아한 얼굴로 나를 보고 있었다.

"마쓰도 선배, 문예부였던 마쓰도 선배 아니에요?"

"문예부?"

그는 웃음을 터뜨렸다.

"내가 문예부래. 한자도 제대로 못 읽는데. 게다가 나 너랑 같은 고등학교도 아니거든?"

그가 내 교복을 가리키며 말했다.

"하지만 아카사카랑 판다에 대해……"

"판다? 아카사카라는 지인도 없어."

그는 어이가 없다는 듯 단언했다.

"사람을 잘못 본 거겠지."

그의 여자친구도 달래는 어조로 말했다.

그럴 리 없었다. 내가 아카사카와 같이 본 건 이 사람이었다. 한 번밖에 못 봤지만 틀릴 리가 없었다. 그때 그의 모습은 내 안에서 몇 번이나 재생됐으니까. 여름의 부실에서 이 사람 무릎 위에 앉는 아카사카, 나. 봄의 부실에서 이 사람에게 안기는 아카사카, 나.

커플은 건물 안으로 사라졌다.

좋지 않은 예감이 들었다. 만약 그날, 아카사카가 "마쓰도 선배야"라고 말한 사람이 지금 들은 대로 마쓰도 선배가 아닌 전혀 관계없는 타인이었다면?

갑자기 온갖 것이 불확실하게 느껴져 하늘을 올려다봤다. 넓게 펼쳐진 짙은 푸른색과 건물 끄트머리에서 불타는 듯한 붉은 석양. 사진은 찍지 않았다.

사오리에게 부재중 전화가 몇 통 와 있었지만, 카페가 아닌 학교로 달렸다. 맞부딪치는 바람이 셌다. 3월인데도 아직 겨울이었다. 달려도 달려도 역시 봄으로부터 도망칠 수도 봄을 따라잡을 수도 없다는, 당연한 사실을 떠올렸다.

교무실로 가 우에노 선생님을 찾았다. 선생님은 손님 접대용 소파에서 혼자 차를 마시고 있었다.

"문예부 OB인 마쓰도 선배 말인데요……"

내가 숨을 헐떡이며 물었다.

"마쓰도?"

우에노 선생님은 평소처럼 맹한 목소리였다.

봄은 미완

"작년 봄에 졸업한 마쓰도 선배요."

"마쓰도란 애는 없는데. 게다가 작년에 졸업한 OB 자체가 없어."

선생님은 느긋한 어조로 그렇게 말했다.

"미완 소설만 써서 작품집에는 실리지 않은 마쓰도 선배 말이에요. 도쿄에 있는 사립대학 국문과에 갔다는데, 그, 아카사카가 늘 들고 다니는 손바닥 소설을 쓴……"

"문예부 부원은 안 잊어버려. 아무리 노망이 나도……"

하는 수 없다는 듯 일어난 우에노 선생님은 옆에 있는 교감실에 멋대로 들어가 작년 졸업앨범을 가져와 내게 건넸다. 책장을 넘기고 또 넘겨도, 어느 반에도 마쓰도라는 남학생은 없었다.

"하지만 그 얘기, 어디선가 들어본 것 같네."

계속 침묵을 지키던 우에노 선생님이 갑자기 떠오른 듯 찻잔을 내려놓고 말했다.

"그 얘기라뇨?"

"그러니까 그, 네가 설명한 얘기 말이야. 음…… 그래, 이미 몇 년이나 전에 있던 부원 누군가가 쓴 단편 소설이었을걸. 동경하는 선배가 쓴 손바닥 소설에 반해버린 여학생 이야기. 내가 기억하기로 그 동경하는 선배라는 사람이 미완 소설만 썼어. 누구 단편이었더라."

점점 더 혼란스러웠다.

"어설프지만 꽤 재미있었어. 딱 너와 아카사카랑 많이 닮은 어쩌고저쩌고 걸즈라는 2인조가 나오기도 하고. 그러고 보니 뜬금없이 판다도 나오고 해서 기억이 잘 나네. 그 왜, 나는 우에노 동물원의 판다 톤톤이 태어난 해부터 이 고등학교에 있으니까."

우에노 선생님은 선뜻 부실 열쇠를 빌려줬다. 부실동에는 이미 아무도 없어서 복도 불조차 꺼져 있었다. 나는 처음으로 문예부 부실에 혼자 들어갔다.

예전 작품집을 있는 대로 다 꺼내 순서대로 뒤졌다. 책장을 넘길수록, 달린 후에 나를 안아준 아카사카의 향기, 그 흑설탕 같은 향기가 강하게 맴돌았다. 그 향기가 종이에서 손가락으로 깊이 스며들어 이제 비누로 씻어도 사라지지 않을 것 같다고 생각했을 때, 겨우 발견했다.

그 소설은 1988년 작품집에 수록돼 있었다. 표지에는 판다

한 마리와 많은 구경꾼이 그려져 있었다. 저자는 당연히 모르는 이름이었지만 당시의 여자 부원인 듯했다.

소설 제목은 〈봄은 미완〉.

시작 부분은 이랬다.

'오늘은 훈훈한 소식부터 전해드리겠습니다. 발정 기미가 보여 전시가 중단됐던 판다 부부가 드디어…….

몸에 딱 달라붙는 파스텔색 니트를 입은 젊은 여성 아나운서가 청아한 목소리로 전했다. 두 마리가 슬금슬금 서로에게 다가간다. 아무 말 없이, 혹은 둘 사이에서만 통하는 말로 무언가를 확인한다……'

거기에는 지금까지의 나와 아카사카에 대해 쓰여 있었다. 이름과 설정은 조금씩 달랐지만 작년 봄의 첫 만남부터 그날 밤에 달렸던 일까지 모두 예언처럼 적혀 있었다.

그 이야기에서는 아카사카와 '시부야'가 시티걸즈를 결성한다. 두 사람은 어른이 되면 아카사카와 시부야의 중간지점에서 같이 살며 거기를 '시티걸즈 하우스'라고 부르기로 약속한다. 이윽고 아카사카는 시부야에게 미완 소설밖에 쓰지 않은 전설의 문예부원 '지바 선배'가 쓴 손바닥 소설을 보여주며 그를 좋아한다는 사실을 고백한다.

'이거야말로 내 이야기를 쓴 소설이라고 생각했어.'

아카사카는 그렇게 말한다.

지바 선배는 졸업 후 도쿄에 있는 대학으로 가버렸지만, 아카사카는 판다가 교미하는 봄에만 그와 만나기로 약속했다고 부끄러운 듯이 밝힌다. 아카사카와 시부야는 여름방학이 되어 집에 들른 지바 선배를 우연히 발견하지만, 아카사카는 '약속했으니까'라며 말을 걸지 않는다. 마침내 도쿄에서 하루이치반이 분 날, 시티걸즈는 교복 차림으로 운동장을 달린다. 봄이 너무나 기다려지는 아카사카는 봄을 따라잡기 위해서. 시부야는 왜인지 봄으로부터 도망치기 위해서. 그때 시부야는 자신도 지바 선배를 좋아하게 됐다는 사실을 깨닫는다.

이야기는 거기서 뚝 끊기듯이 끝났다.

아카사카가 내게 보여줬던, '마쓰도 선배'가 썼다는 손바닥 소설은 '지바 선배'의 미완인 작품 중 하나로 등장했다.

아카사카는 이 소설의 주인공이 된 것이다.

"이 소설의 주인공으로 있을 수 있다면 나는 이제 소설 쓰기만이 아니라 다른 아무것도 필요 없어."

마쓰도 선배에 대해 처음 애기해줬던 여름날 아카사카가 한 말이 되살아났다.

거울을 보고 싶었다. '내'가 존재하고 있는지 확인하고 싶었다. 어두운 창에 나를 비춰봤다. 얼굴은 엉망이었지만 나는 제대로 거기에 있었고, '마쓰도 선배'에게 느낀 감정도 아직 확실히 마음속에 있었다.

하지만 아카사카에게 나는 '시부야'일 뿐이었다. 아카사카와 있을 때의 나도, 교실에 있을 때의 나와 마찬가지로 진짜 자신이 아니었다. 나는 그저 아카사카가 바라는 세계에서 능란하게 조종당한 하나의 부품에 지나지 않았다. 만약 내가 이 소설대로 움직이지 않았다면? 교복 천 아래의 팔에 소름이 끼쳤다.

"시티걸즈 결성하지 않을래?"라고 말해줬던, 나와 함께 웃었던, 많은 소설을 알려줬던, 아련한 사랑의 감정을 나눠줬던, 그 아카사카는 어디에 있을까. 섬세하고 무책임하고, 하지만 매력적이었던 마쓰도 선배는 어디에 있을까.

이제 두 사람 모두 희미하게 단 향기가 풍기는 이 오래된 종이 속에만 있다.

작품집을 더 넘겨보자 원고지 조각이 몇 장 끼워져 있었다. 붓으로 쓰면 어울릴, 흐르는 것 같은 필체. 이건 아카사카 글씨였다. 소설 도입부 후보인 듯했지만 전부 원고지 반도 못 채우고 문장이 끊겨 있었다.

'내 치마가 언제나 무릎 아래까지 오는 이유, 너만은 알고 있지?……'

'나는 그 봄밤에 운동장에서……'

원고지 위로 눈물이 한 방울 떨어졌다.

책장 내용물이 바닥에 흩어져 먼지가 일었다. 끝까지 눈치채지 못한 채로 있어주고 싶었다. 끝까지 주인공으로 있게 해주고 싶었다. 하지만, 이 엉망이 된 부실에서 내일 아카사카에게 무엇을 어떻게 전하면 좋을까. 앞으로 다가올 봄에 혹시 판다가 교미하면 어떤 표정을 지어야 할까.

어떻게든 이곳에서 나가야 한다는 것만은 분명했다. 자신의 이야기는 자신이 써야만 한다. 내가 모르는 누군가가 쓴 이 소설이 그렇게 말하고 있었다.

〈봄은 미완〉의 마지막은 이렇게 끝났다.

'시부야는 생각했다. 앞으로 어떻게 해야 할지는, 자신밖에 정할 수 없다고.'

그러니까 일단, 생각하기로 했다.

앞으로 어떻게 해야 할지는, 자신밖에 정할 수 없다고.

악보를 못 읽는다

아직도 이 거대한 스크램블 교차점에서는 멈춰 서게 된다. 불안하게 주위를 두리번거리고, 괜히 전광판을 올려다보고, 귀를 기울인다. 당연히 많은 사람과 부딪힌다. 도쿄에 온 지 꽤 됐는데도 여전히 익숙해지지 않는다. 이건 전부, 전부 그 사람 때문이다. 이곳에 설 때마다 내 귀에는 10년 전 멜로디가 울리고 그 주문이 들린다.

*

불안만 가득했던 봄의 초입, 멀리 떨어진 도심에서는 도시 전설이 퍼졌다. 밤 아홉 시 정각 거대한 스크램블 교차점에 멈춰 서서 어떤 곡을 들으며 눈을 감고 소원을 빌면 이뤄진다는 이야기였다.

악보를 못 읽는다

처음에는 커다란 헤드폰을 낀 젊은이 한두 명이 서 있는 정도였지만, 정말로 소원이 이뤄졌다는 사람이 나타나자 비슷한 행동을 하는 사람이 늘어갔다. 계절이 몇 번 지나자 남자도 여자도, 일본인도 외국인도, 어른도 아이도 모두 멈춰 서서 이어폰으로 그 곡을 들으며 소원을 빌게 됐다.

밤 아홉 시, 그곳에서는 시간이 멈춘 듯했다. 어느샌가 일종의 사회현상으로까지 발전했고, 머지않아 특히 버스나 택시 운전사들로부터 불만이 제기됐다. 아홉 시에 딱 맞춰 교차점 위에 있고 싶어서 정각이 될 때쯤 신호와 관계없이 억지로 횡단보도를 건너려는 사람이 늘었기 때문이다. 다행히 부상자는 나오지 않았지만 교차점 구석에 있는 파출소 경찰관들이 총출동해서 통제를 하는 상황까지 됐다.

아침 뉴스 프로그램에서도 자주 다뤄졌다. 어떤 방송에서는 젊은 층이 주축인 민폐 행위로 취급됐고, 어떤 방송에서는 요즘 시대에 흔치 않은 로맨틱한 스토리로 소개됐다.

그 곡을 연주한 이들은 줄곧 여름 노래만 부르는 복면 밴드였다. 밴드의 리더는 자신을 'KK'라는 이름으로 칭하는 남성 보컬이었다. 그 도시 전설은 많은 사람에게 곡을 알리기 위해 그들이 퍼뜨린 것이었지만, 그때는 마음을 졸이고 있었다. 그들의 진짜 소원은 버스 운전사나 경찰관을 곤란하게 하는 것이 아니라, 그 곡으로 한 명이라도 더 많은 사람을 행복하게 하는 것이었기에.

　밴드는 앞으로 나섰다. 어느 밤, 아홉 시에 맞춰 교차점을 둘러싼 거대 전광판을 전부 탈취하기로 했다.

　아홉 시가 되기 몇 분 전. 전광판에 밴드의 실루엣이 떠올랐다. 가운데 있는, 아프로펌을 한 듯한 특별히 커다란 머리의 남자가 KK였다.

　"소원 빌기는 오늘 밤으로 끝내자."

　그 실루엣이 모든 전광판에서 호소했다. 소원을 빌기 위해 기다리고 있던 사람들, 우연히 지나가던 사람들 등 횡단보도 위에서 북적거리던 인파가 일제히 전광판을 올려다봤다.

　"오늘 밤에 빈 소원은 반드시 이뤄질 거야. 그러니까 이제 소원을 빌 필요도 없어져."

　이 전래동화 같은 대사를 바보 취급하듯 웃는 사람도 있었지만, 그들은 개의치 않고 카운트다운을 시작했다.

　아홉 시 정각, 전주를 단번에 뛰어넘고 후렴구 멜로디가 큰 소리로 울리며 거리를 감쌌다.

거리의 움직임이 굼떠지고 곳곳에서 야유가 날아들었으나 이윽고 택시의 경적이 멈췄다. 취객의 싸움이 멈췄다. 경찰관의 호루라기 소리도 서서히 사라졌다. 뭔가에 전염된 것처럼 한 사람씩 고개를 위로 향하고 눈을 감았다. 떨어져내리는 소리를 받아들였다. 심각한 소원도 그렇지 않은 소원도 전부 하늘로 빨려올라갔다. 가사가 머리끝에서부터 스며들었다…….

침대 속에서 좀처럼 잠이 들지 못하던 나는, 핸드폰으로 그 밤거리의 시작과 끝을 봤다. 마침 그 도시 전설을 취재하러 나갔던 뉴스 방송팀이 찍은 영상이었다.

그곳은 이제 밤의 교차점이 아니었다. 마치 스포트라이트가 쏟아지는 무대 위 같았다. 모두가 자기 역할의 의상을 입고 있는 듯했다. 의상을 벗으면 사실은 보통 인간일 뿐인 버스 운전사와 경찰관도 어느새 소원을 빌고 있는 것처럼 보였다.

곡이 끝나고 기타의 마지막 울림이 사라지자 모두 각자의 타이밍에 눈을 떴다. 자신도 모르게 흘린 눈물에 놀라는 사람도 있었고 이제 각기 다른 영상으로 변한 전광판들을 번갈아

보는 사람도 있었지만 이내 아무 일도 없었던 듯 움직였다. 각자 자신의 목적지를 향해 흩어졌다. 점점 사람들이 섞이고, 바보 취급하던 사람도 웃던 사람도 간절하게 소원을 빌던 사람도 구분할 수 없게 되었다. 내게는 그런 것처럼 보였다.

핸드폰 화면이 꺼졌다. 같은 나라인데 먼 세계 일처럼 느껴졌다. 그게 참을 수 없을 만큼 분해져서 침대를 빠져나와 잠옷 차림 그대로 현관문을 조금 열었다.

도쿄에는 이미 벚꽃이 폈다지만 여기는 앞으로 몇 주는 더 있어야 했다. 문틈으로 아직은 차가운 봄밤의 바람이 들어왔다. 몇 없는 가로등은 강 건너편에 펼쳐진 논밭을 뚜렷하게 비춰주지 않았다. 하늘 또한 평소와 다름없었다. 스크램블 교차점의 하늘과 틀림없이 이어져 있을 텐데 완전히 달라 보였다. 이 하늘 아래에서는 계속 홀로 남겨질 듯한 기분이 들었다.

'내일부터 시작될 고등학교 생활에 나쁜 일이 일어나지 않게 해주세요.'

네온사인 대신 별만 빛나는 하늘은 하늘이라기보다 깊은 구멍 같아서, 소원 따위 닿지 않을 것 같았지만 일단은 마음속으로 빌었다.

입장과 퇴장 때 관악부의 묘하게 수준 높은 라이브 연주가 체육관 가득 쩌렁쩌렁 울렸다. 〈위풍당당 행진곡〉. 이 곡이 과연 입학식에 어울리는 건지 생각하면서 지휘봉을 휘두르는 풍채 좋은 음악 선생님을 훔쳐봤다.

"우리 학교 관악부, 거의 매년 전국 대회에 나가. 연습도 많이 한대."

출석번호 순서대로 줄을 서 교실로 가고 있는데, 내 바로 뒤에 있던 머리를 하나로 묶은 여자아이가 작은 목소리로 말을 걸었다. 지각을 하는 바람에 눈에 띈 아이였다.

전국 강호인 관악부에 들어가기 위해 입학하는 학생이 많다고는 들었다. 벌써 의욕에 넘쳐서 자기가 연주하는 악기를 공유하는 무리도 있었다. 〈위풍당당 행진곡〉을 듣고 눈물이 났다는 둥 열렬히 이야기하고 있었다.

"저거, 종교 같지."

아까 그 아이가 속삭이듯 말하자 하나로 묶인 머리가 흔들렸다. 나도 마침 똑같이 생각하고 있었다. 중학생 때부터 교실 안에는, 특히 여자들에게는 '작은 종교'가 많았다.

치마 길이, 앞머리 가르마, 선생님에게 들키지 않는 화장 실력으로 운명이 판가름 났다. 다른 학생들이 읽지 않은 소설을 얼마나 읽었는가로 자기 가치가 정해졌다. 아무튼 표준점수가 높은 학교에 들어갈 수 있으면 행복해질 수 있었다. 패션도 공부도 소홀히 할 만큼 열중하는 동아리가 있으면 그런 자신을 좋아할 수 있었다. 자기가 가장 믿는 것에 따라 무리를 지었다. 부적은 새로 출시된 마스카라거나, 현립 도서관의 대출 카드거나, 테니스 공이었다. 같은 교실에 있어도 그런 것들로 만들어진 보이지 않는 선이 그어져 있었고 물론 '종교관의 차이로 벌어진 전쟁'도 있었다.

새 학기가 시작되는 4월은 자기 종교를 정해야 하는 계절. 재빠르게 정하지 않으면 홀로 남겨진다. 잘못된 것을 고르면 의심의 눈초리를 보내는 주변 사람들이 교묘하게 설치하는 후미에(에도 막부가 기독교 신자를 색출하기 위해 밟게 했던 예수 그림 – 옮긴이)로 가득한 일상을 보내게 된다. 갑자기 초조해진 그때, 그 아이가 혼잣말하듯 말했다.

"나는 무교야."

그렇게 말한 뒤 나를 가볍게 앞질러 멀어져갔다.

그녀와 친해질 계기를 간접적으로 만들어준 건 '뽀글머리'였다. 입학식 다음 날 쉬는 시간, 교실에서는 아직 다들 어색하게 굳어 있었다. 나는 불안정한 의자를 덜걱거리고 대량으로 배부된 프린트물을 한 장 한 장 읽는 척하면서 아침에 담임이 한 인사말을 반추하고 있었다.

"앞으로 3년간, 고난도 많겠죠. 괴로운 일은 모두 함께 이겨나갑시다."

중학생 때 담임도 졸업식 날에 비슷한 말을 했다.

"앞으로 아무리 어려운 일이 있어도 여러분이라면 잘 이겨낼 수 있습니다. 힘들 때는 지난 3년을 떠올려주세요."

아무래도 우리에게는 앞으로 반드시 힘들고 슬픈 일이 닥칠 모양이었다. 벌써 동아리 견학을 다녀온 관악부 지망생들이 감상을 나누는 소리가 괜히 소란스럽게 들렸다. 막 시작한 4월과 어울리지 않는 기분에 입술을 깨물었다. 그때, 뒤에서 커다란 목소리가 들렸다.

"왜 어른들은 앞으로 괴로운 일이 기다리고 있습니다, 같은 이야기를 하나 몰라, 한두 번도 아니고."

무심결에 돌아봤다. 목소리의 주인은 누가 봐도 운동부인,

보기 좋게 피부가 그을린 남자아이였다. 비슷하게 피부를 태운 또 다른 남자아이가 또렷한 목소리로 "맞아, 맞아" 하며 창문을 열더니, 축구 골대가 보이는 운동장 쪽으로 몸을 내밀었다. 창문으로 들어온 강한 바람은 복도를 통과해 나갔다. 바로 근처에 있던, 머리카락이 뽀글뽀글 말린 키 작은 남자아이 – 그가 바로 '뽀글머리'다 – 도 그 대화에 끼어들었다.

"앞으로 행복한 일만 일어날지도 모르는데 말이지."

그렇게 큰 목소리는 아니었을지도 모르지만, 바람을 타고 중앙의 나선계단을 지나 학교 전체에 퍼질 듯한 목소리였다. 아이돌처럼 선이 가늘고 머리카락이 갈색인 또 다른 남자아이는 그 말에 싱긋 웃고 휘파람을 불었다. 음정이 불안한 데다 멜로디가 흐느적흐느적 끊겼지만 밝고 행복한 곡조였다. 처음 입을 뗀 남자아이가 노래 제목을 맞추려다 틀렸다. 다른 한 명도 제목 몇 개를 말했다. 뽀글머리 남자아이는 정답을 알고 있는 것 같았다. 그는 "크헤헤헤" 하는 특이한 웃음소리와 함께 "완전 틀렸어" "아깝다" "일본 노래 아니라니까" 등의 힌트를 줬다. 흐느적거리는 휘파람은 오늘 아침 뉴스에도 나왔던 스크램블 교차점의 그 곡으로 바뀌었고 반 아이들 대부분이 그들 쪽을 힐끗 봤다. 아마 이때가 '뽀글머리' 무리가 탄생한 순간이었다.

앞으로 행복한 일만 일어날지도 모르는데 말이지.

그들의 대화는 담임의 저주에 걸릴 뻔했던 나를 잠시 강하게 만들었다. 나는 전날에 말을 걸어줬던 '무교' 아이를 찾았다. 다른 사람에게 먼저 말을 잘 걸지 못하는 편이지만 첫 문장은 이미 정해져 있었다.

"나도 무교야."

멋있는 남자는 멋있는 남자와만 어울리는 법이다.

내가 15년 하고 조금 더 걸려 쌓아온 그 개념을 뽀글머리는 가볍게 무너뜨렸다. 그는 멋있는 남자에게 둘러싸여 있었다.

우리 학교의 자랑거리는 잘나가는 관악부와 축구부, 넓은 운동장과 음악실, 중앙에 있는 큰 나선형 계단이었다. 그 외에는 현 내에서 두 번째로 표준점수가 높다는 것 정도였다. 전철로 15분 정도만 가면 바다가 보였지만 학교 창에서는 산과 키 작은 주택밖에 보이지 않았다. 영양을 듬뿍 머금은 흙냄새만 나는 교실 속에서 뽀글머리네 4인조는 이질적이었다.

축구부의 신성 에이스, 그의 소꿉친구이면서 같은 축구부의 분위기 메이커, 그리고 동아리 활동은 하지 않지만 머리카락이 자연 갈색이고 보통 사람보다 두 배는 잘생긴 아이. 이세 명은 여자들의 주목을 가장 많이 받았다. 입학 첫날부터 볕에 그을린 피부가 눈에 띄던 축구부 두 명은 중학생 때부터 주목을 받던 아이들이었다. 여기에서 꽤 먼 중학교에 다녔지만 운동선수 추천 전형으로 입학했으며 각자 '북의 펠레', '북의 흑표범'이라는 별명을 갖고 있었다. 1학년 일곱 개 반 전체에서 봐도 1, 2번을 다투지 않을까 싶을 정도로 화려하고 눈에 띄는 남자 모임이었다. 외모로만 보면 아이돌 같기도 했다. 하지만 왠지 뽀글머리가 거기에 끼여 있었다.

뽀글머리는 멋있지 않았다. 절대 아이돌은 못 될 외모였다. 뽀글뽀글한 머리카락이 가장 큰 특징으로, 키도 작고 동아리 활동도 하지 않았다. 게다가 웃음소리는 "크헤헤헤"였다. 언제 봐도 대체로 불그레한 둥근 얼굴은 근처 미용실 아줌마와 똑 닮았다. 뽀글머리의 본명은 '구로키 료타'로, 본인 소개에 따르면 중학생 때는 이니셜인 'KR'로 불렸다지만 나는 마음속으로 그를 뽀글머리라고 불렀다.

그는 나머지 세 명의 빵셔틀 따위가 아니라 무리를 구성하는 중요한 멤버처럼 보였다. 복도 저편에서 넷이 함께 걸어올 때, BGM이 들리는 듯한 짜릿한 느낌도 있었다. 그들이 나타나면 많은 학생이 그쪽으로 시선을 던졌다.

넷은 언제나 즐겁게 무언가를 이야기하면서 걸었다. 스쳐 지나갈 때, 나는 그들을 정면으로 바라보지 못했다. 뽀글머리만 혹은 그들의 발치만 보았다. 화려한 세 명이 걸으면 흠집이 가득한 복도의 갈색 마루도 아주 좋은 고급 마루처럼 보였고, 그들이 신으면 평범한 실내화도 세련돼 보였다. 뽀글머리의 실내화만 내 것과 똑같아 보였다.

숨을 멈추고 그들이 하는 이야기에 귀 기울였다. 어느 날은 뽀글머리가 "안 자고 있을 때도 잘 때처럼 숨 쉬는 녀석이 싫다"고 투덜거리자 갈색 머리 남자아이만 "나도, 나도"라며 공감했고, 또 어느 날은 "인도 신인의 얼굴이"라고 갈색 머리 남자아이가 말을 꺼내자 나머지 세 명도 흥미를 보였다.

'무교' 아이의 이름은 스미레였다.

"나도 무교야."

입학식 다음 날 수업이 끝나고 나서였다. 새 교과서를 가방에 차곡차곡 넣고 있는 스미레에게, 마음속으로 몇 번이나 연습한 뒤 말을 걸었다. 스미레도 전날에 한 말을 기억하고 있는 모양이었다. 내 눈을 지그시 들여다본 후 연기하는 듯한 동작으로 앉은 채 오른손을 쓱 내밀었다. 나도 오른손을 내어 그 손을 잡자 진지한 얼굴을 하고 있던 스미레가 약간 웃었다. 그때까지 넓게 느껴지던 익숙하지 않은 교실이 갑자기 줄어든 듯한 기분이었다.

　다음 날부터 거의 매일 스미레와 함께 집에 갔다.

　스미레는 개인적으로 배우고 있는 플루트 연습에 시간을 쓰고 싶어서 학교 동아리에는 들지 않을 거라고 했다.

　"조금 고민은 했지만 나는 내 페이스대로 계속하기로 했어. 입시 공부도 좀 빨리 시작하고 싶고."

　스미레는 자기소개 때 플루트에 대해서는 일언반구도 없이 "취미는 인간 관찰입니다"라고 당당히 말했다. "관악부에 들어오라고 하면 귀찮으니까" 하고 이유를 가르쳐줬지만, "인간 관찰"이라고 딱 잘라 말한 어조에서는 카페 창문 너머로 길을 지나는 사람의 패션을 구경하는 것 같은 가벼운 게 아니라, 어딘가 프로다움을 암시하는 자신감이 느껴졌다.

조금 인구가 많은 시골에서 인구가 적은 시골로 돌아가는 전철은 무슨 요일이든 둘이 나란히 앉을 수 있을 정도로 비어 있었다. 퇴근 러시아워보다 이른 시간인 덕도 있고. 바다 반대 방향으로 뻗은 선로가 지나는 곳은 대체로 산속이나 논 옆이어서 바깥 풍경은 거의 초록빛이나 잿빛이었다.

풍경에 이미 질리기 시작했을 무렵, 나는 집으로 가는 전철에서 인간 관찰은 구체적으로 뭘 하는 거냐고 물었다.

"관찰일기를 쓰고 있어."

근처에 사람이 없는데도 스미레는 평소보다 더 작은 목소리로 답했다. 상상했던 것보다 더 본격적인 것 같아 사실 조금 소름이 끼쳤다.

"어떤 걸 쓰는데?"

"옷이라든가, 태도라든가, 했던 말이라든가." 스미레는 곧바로 대답했다.

"뭐 하러?"

"멋진 말이나 음악을 듣는 순간 온몸에 반창고를 빈틈없이 붙이고 싶은 기분이 들어. 몸에 스민 좋은 것이 새어나가지 않도록. 하지만 그건 현실적이지 않으니까 써서 기록하는 거야. 그리고 그런 걸 연주에 담아내고 싶어."

지나가는 투로 나에 대해서는 적지 마, 긴장할 것 같으니까, 하고 말했더니 스미레는 "괜찮아"라며 장난스레 웃었다.

스미레가 "무교의 장점은 어느 종교와도 일정 거리를 유지하면서 우호적으로 교류할 수 있는 점"이라고 한 대로, 나와 스미레는 다른 여자아이들이 적대하거나 무시하지 않는 위치를 확보했다. 나는 웃어도 좌우 균형이 흐트러지지 않는 스미레의 얼굴을 보며 그건 '무교'여서만이 아니라 튀지 않으면서도 화려하고 분명히 아름다운 스미레의 외모 덕분일지도 모른다고 생각했다. 괜히 이유도 없이 다가가기 힘든 분위기를 풍기는, 그야말로 '무교'에 어울리는 웃는 얼굴.

"지금 관찰하고 있는 건 우리 반 남자애들 무리인데……"

스미레가 말을 잇는데 내가 무심코 "아, 혹시 뽀글머리네……"라고 해서 말이 겹쳤다. 마음속으로만 부르던 별명을 처음으로 소리내어 말한 순간이었다.

스미레는 "뽀글머리!" 하고 그때까지 중 가장 높고 큰 목소리를 냈다.

"맞아. 걘 뽀글머리야. 어디서 어떻게 봐도 뽀글머리. 어쩜 그렇게 딱 맞는 이름이지? 뽀글머리, 뽀글머리, 뽀글머리……"

스미레는 감격한 듯 몇 번이나 반복하더니,

다시 작은 목소리로 "그 무리에 관심이 가더라. 괜히 쳐다보게 된다니까. 물론 똑바로 볼 수 있는 건 뽀글머리뿐이지만"이라고 말했다.

정말 동감이었다. 그때까지도 나와 스미레의 접점이 뭔지 잘 몰랐지만, 그보다 더 궁금한 건 뽀글머리와 멋있는 남자들의 관계였다. 그들이야말로 어떤 종교에도 사로잡히지 않은 것처럼 보였기 때문이다.

"나도 같이 관찰할래. 계속 흥미가 생겨, 뽀글머리한테."

그렇게 선언하자 스미레는 기뻐하며 털어놓았다.

"뽀글머리도 그렇지만 나는 그 무리의 가가미한테 가장 관심이 있어. 가가미 게이타."

가가미는 갈색 머리카락에 흐느적거리는 휘파람을 부는 남자아이였다. 만에 하나 이야기할 기회가 생기더라도 절대 눈을 보고 대화하지 못할 거라는 생각이 들 정도로 예쁜 눈을 지니고 있었다.

"가가미가 뮤지션 활동을 한다는 소문이 있는데, 알아?"

"그래?"

"역시 모르는구나. 중학생 때부터 했다던데. 하지만 자세한 건 절대 비밀이래. 어디서 공연하는지, 어떤 노래를 부르는지 아무도 몰라. 그래서 여러 소문이 돌더라고. 저기 역 앞에 있는 라이브하우스에서 노래를 부른다든가, 대형 소속사에 스카우트 당했다든가, 가가미가 그 유명한 KK 아니냐는 말까지 하는 애도 있어. 아프로펌 가발로 변장하고 있는 가가미라니. 그건 아닌 것 같아. 여긴 완전 시골이기도 하고."

"전혀 몰랐어."

"언젠가 그 공연에 몰래 가고 싶어. 어떤 곡을 연주하는지, 어떤 목소리로 노래하는지, 비슷한 뜻을 품은 반 친구로서 알고 싶어. 관찰일기는 그러기 위한 정보 수집도 겸해서 하는 거야."

스미레는 거기까지 말하더니 작게 손을 흔들고 전철이 출발하기 직전에 문 열림 버튼을 눌렀다.

"내 정보 수집 능력 대단하니까 기대해."

뒤돌아본 스미레는 싱긋 웃어 보이며 내렸다.

공통된 화제가 별로 없었던 나와 스미레의 거리를 좁혀준 것 역시 뽀글머리였다. 둘만 아는 유쾌한 별명을 입에 담는 게 재미있기도 했지만, 아무튼 그에 대해 이야기하며 "크헤헤헤" 하는 웃음소리를 따라 하는 건 왠지 즐거웠다.

함께 관찰하기로 약속한 날부터 그 4인조와 스치거나 근처에 있을 때는 의식적으로 더 귀를 기울였다. 나는 그렇게 채취한 그들의 말을 스미레에게 하나하나 보고했고, 스미레는 그것들을 관찰일기에 기록했다. 연지색 일기장은 현대문학 공책과 합쳐져 있었다. 앞에서부터 열면 현대문학 판서를 받아 적은 것이었고, 뒤에서부터 열면 관찰일기였다.

"현대문학은 거의 필기 안 하니까"라고 말한 스미레는 나도 보려고 하면 바로 볼 수 있는 곳에 현대문학 공책 겸 관찰일기를 무방비하게 두었다.

방과 후도 정보를 수집하기에 좋은 시간이었다. 옆구리에 스포츠백을 낀 펠레와 흑표범이 축구장으로 뛰쳐나가고 뽀글머리와 가가미가 한 자전거에 같이 타는 것을 지켜본 후, 그들의 자리에 앉아보거나 책상 서랍과 잠기지 않은 사물함을 훔쳐보기도 했다. 스미레는 가가미 자리를 열심히 봤고 나는 뽀글머리 자리를 꼼꼼히 봤다. 뽀글머리 자리는 가지런히 정돈돼 있었지만 나머지 세 명은 엉망진창이었다.

우리는 주로 관악부가 제일 열심일 때 그들의 자리에 앉곤 했다. 트럼펫, 타악기, 클라리넷 등 여러 방향에서 날아드는 악기별 기초 연습 소리가 기묘한 현대음악처럼 뒤섞여 나와 스미레의 스릴을 더욱 끌어올렸다.

"이런 게 스토킹이려나."

뽀글머리 의자에 앉은 내가 말하자, 스미레는 가가미의 책상을 어루만지며 "이런 어설픈 수준을 스토커라고 하진 않아. 스토커는 더더욱 깊게 들어가서 난장을 쳐야지. 예를 들면 공책을 훔쳐서 어떤 낙서를 하는지 찾아본다든가, 뭉쳐서 구석에 넣어놓은 시험지를 펼쳐서 점수를 본다든가"라고 말했다.

"우리는 정도를 지키는 관찰자가 되자."

스미레의 말에 나는 천천히 고개를 끄덕였다.

그런 일을 하는 시간 외에, 특히 수업 중에는 그들과 같은 공간에 있다는 실감이 거의 나지 않았다.

악보를 못 읽는다

언젠가부터 그들은 교실 안에서 수제 야채칩을 만들었다. 해가 드는 창가에 티슈를 깔고 자신들의 도시락에 들어 있던 얇게 썬 호박과 당근, 시금치, 연근 등을 늘어놓고 거의 2주 동안 말리고 있었다. 뽀글머리는 이틀에 한 번 야채를 뒤집는 역할을 맡았다. 어린아이 같은 놀이였지만 그들이 하니 누구도 바보 취급하지 않았다. 쪽지 시험 중 교실을 돌던 수학 선생님이 말려 있는 야채들을 발견하고 버리려 하자, 흑표범이 "아직 말리는 중이에요, 조금만 더 있으면 야채칩이 될 거예요" 하며 재빠르게 막았고 뽀글머리는 "그건 비상식량이에요"라고 덧붙였다. 수학 선생님은 말없이 손을 떼고 아무 일도 없었던 듯 교실을 돌았다. 쪽지 시험은 조용히 계속됐다.

딱 한 번, 방과 후에 스미레 도시락에 들어 있던 당근 한 조각을 몰래 섞어놨다. 다음 날 뽀글머리는 아침부터 "어이, 당근이 증식했어" 하며 나머지 셋을 소집했다. 조심성 많은 흑표범이 "누가 몰래 섞어놓은 건지 뭔지 모르니까 위험하다"고 말했지만 가가미가 갑자기 당근을 들어 조금 베어먹었다. "음, 독은 없어." 가가미의 잇자국이 남은 당근이 창가에 더해져 스미레는 조용히 환호성을 울렸다.

그들의 대화를 들을 때면, 투명한 판을 사이에 두고 어딘가 멀리 있는 존재를 바라보는 것 같았다. 판 너머로 들려오는 그들의 대화는 아무래도 좋을 바보 같은 내용이라도 내가 잊어버리기 쉬운 무언가를 깨우쳐주는 듯했다.

"뽀글머리네가 야채칩에 심혈을 기울이는 걸 보고 있으면 우리가 앞으로 뭐든 될 수 있는 열여섯 살이라는 생각이 갑자기 떠올라. 그러고 보니 우리 아직 열여섯 살이었구나, 하고. 왜 그럴까?"

나는 집으로 돌아가는 전철에서 스미레에게 말했다. 어디에도 가지 못할 것 같은 기분이 들지만 실은 어디든 갈 수 있다는 것, 예를 들면 신칸센에 타기만 하면 네 시간 하고 조금 더 걸려서 도쿄에 갈 수 있다는 것, 야간 버스를 타더라도 하룻밤 만에 갈 수 있다는 것. 그런 걸 상기시켜주는 듯한 근본적인 명랑함은 도시의 네온사인처럼 교실 전체를 비춰주는 것 같았다. 그 곡이 흐르는 스크램블 교차점의 네온사인처럼.

"이유는 제대로 설명하기 힘들지만 나도 뭔지 알 것 같아."

"왜 야채칩 만들기 따위로 이런 기분이 드는 걸까?"

"응, 하지만 어쩐지 알 것 같아. 어쩐지."

그렇게 말한 스미레는 몇 번이고 고개를 끄덕거렸다.

5월 연휴가 막 끝났을 무렵, 뽀글머리가 뭔가 생소한 단어를 말하는 걸 들었다. 여자 화장실과 교실 몇 개를 사이에 둔 반대편 남자 화장실 쪽에서부터 나란히 걸어오는 4인조가 보였다. 또 마음속에서 BGM이 들렸다. 누구의 무슨 곡인지는 모르지만 광고나 예능 BGM으로 자주 쓰이는 팝송. 세계가 눈앞에 훤하게 펼쳐지는 듯한 노랫소리가 나오는 음악이었다.

늘 그렇듯 스치는 그들의 말을 은근슬쩍 주워들으려 했더니 "로스앤젤레스에서의 녹음"이라는 단어가 날아들었다. 뽀글머리 목소리였다. 개성 있고 조금 높은 목소리는 네 명 중에서도 가장 당당해서, 많은 학생이 있어도 구분하기 쉬웠다. "로스앤젤레스에서의 녹음은"의 뒤는 잘 들리지 않았지만, 뽀글머리를 똑바로 바라보는 가가미의 시선이 잔상으로 남았다. 그들은 등 뒤로 사라졌지만, 원래 그들이 멀어지면 조금씩 작아졌던 BGM이 이번에는 좀처럼 사라지지 않았다.

교실에 돌아가자마자 스미레에게 보고했다.

스미레는 "로스앤젤레스에서의 녹음"이라고 중얼거리더니

눈을 감았다. 상상의 나래를 펼치는 모양이었다. 침묵은 생각보다 오래 이어졌다. 파도 같은 술렁거림으로 가득한 교실에서 스미레가 그러고 있자 홀로 남겨진 듯한 기분이었다.

"지금 무슨 생각해?"

떨쳐내듯이 물었다.

"로스앤젤레스에서의 녹음이라니, 완전 거물 뮤지션이 쓸 법한 표현이지 않아?"

스미레는 눈을 반짝 뜨고 샤프로 관찰일기를 쓰며 말했다.

"뽀글머리, 뭐 하는 사람일까."

스미레는 뭔가 걸리는 구석이 있는 듯했다. 그러고 보면 뽀글머리는 머리 모양부터 뮤지션스러웠다. 물론 음악실에 걸린 위대한 작곡가들의 초상화가 불러일으키는 이미지에 지나지 않을지도 몰랐다. 우리는 아직 뽀글머리가 자연 곱슬인지 미용실에서 한 파마인지조차 몰랐다.

스미레는 호화롭게 한 페이지 전체에 '뽀글머리, 로스앤젤레스'라고 커다랗게 쓰더니 재빠른 펜 놀림으로 동그라미까지 쳤다.

상상 속 뽀글머리는 점점 수수께끼가 되었고 존재감을 더

악보를 못 읽는다

해갔다.

　스미레는 다음 수업 시간에 공책을 대강 찢어 뽀글머리와 로스앤젤레스의 관계를 파헤칠 계획을 썼다. 솜씨 좋게 음표 모양으로 접은 계획서는 늘 졸고 있는 관악부 아이를 지나 반에서 가장 치마가 짧은 여자아이와 흑표범을 경유해 최단 거리로 내게 전달됐다. 내 의자 등받이를 샤프로 툭툭 건드려 쪽지를 전해준 흑표범의 눈은 그야말로 흑표범 그 자체였다. 나는 가능한 한 시간을 들여 답장을 썼고 쉬는 시간에 스미레에게 직접 건넸다. 그 과정을 몇 번 되풀이한 끝에 뽀글머리 신원 조사 계획의 첫 단계는, '로스앤젤레스에서의 녹음'에 맞춰 '뽀글머리의 관심을 끌 대사 말하기'로 정해졌다. 뽀글머리가 지나갈 때 우리가 정한 대사를 그에게 들리도록 말하는 것이었다.

　각자 대사 후보를 적어서 방과 후에 가져오기로 했지만, 나는 아직 잘 모르는 뽀글머리의 관심을 끌 말이 쉽게 떠오르지 않았다. 반면 스미레의 메모는 아이디어로 가득 차 있어서 열정의 차이가 느껴졌다.

　'오스트리아에서의 녹음이' '가나에서의 녹음이' 등 지명별

시리즈도 쓰여 있었다. 나는 그중에서 '인도에서의 녹음이'를 지지했다. 예전에 그들이 '인도 신인의 얼굴이'라고 말했던 게 떠올랐기 때문이다. 뽀글머리는 인도에도 관심 있을 가능성이 컸다.

"맞는 말이야. 흥미도 끌 테고, 길이가 적당해서 말하기도 쉬워."

스미레도 찬성했다. 첫 대사를 칠 사람은 나로 정해졌다. 이건 단지 가위바위보에 져서였다.

우리 계획은 장마철 오후에 실행하기로 했다. 그즈음 뽀글머리 무리는 뽀글머리를 제외한 세 사람의 뛰어난 외모 덕에 학년 전체에 알려졌다. 다른 반 여자아이들이 슬쩍 보러 올 정도였다. 특히 비밀스러운 면이 있는 가가미에게는 팬이 많았다. 방과 후에 엿본 사물함에 팬레터가 들어 있기도 했고 주 1회 있는 학년 조회가 끝날 때마다 가가미에게 말을 걸러 오는 다른 반 여자아이들도 있었다. 그 아이들은 경호원처럼 가가미 가까이 있는 뽀글머리를 대놓고 비웃기도 했다.

점심시간, 우리는 남자 화장실과 가까운 복도 창가에서 밖을 내다보는 척하며 그들을 기다렸다. 관악부 1학년생은 아침 연습 외에 도시락을 미리 먹고 점심시간에도 연습하는 문화가 있었다. 음악실에서는 입학식 때 들은 선배 부원들의 연주에 비하면 아름답다고 하기 힘든 소리가 흘러나오고 있었다. 우리 목소리가 거기에 묻히지 않게 해야 했다.

그들은 우리가 예상한 타이밍에 남자 화장실에서 나왔다. 나와 스미레는 그들을 스쳐 지나가는 걸 목표로 걷기 시작했다. 긴장한 탓에 저절로 스미레와 가볍게 손가락을 엮었다. 이런 일은 타이밍이 아주 중요했다. 그들과 세 걸음 정도 떨어졌을 때 하기로 정했다.

"인도에서의 녹음이 말이야."

드디어 말했다. 삑사리를 내지 않고 침착하게. 잘 들리는 목소리라고 생각했다. 제일 걱정했던 지독하게 서투른 트럼펫 소리와도 겹치지 않았다. 스미레는 내게 지지 않을 만큼 큰 목소리로 되물었다.

"인도에서의 녹음이 뭐?"

둘 다 훌륭히 해냈다. 이제 뽀글머리의 반응만 남았다. 고의가 아닌 척 최대한 자연스럽게 돌아봤지만 뽀글머리는 아무 일도 없었던 듯 앞을 향해 걷고 있었다. 나머지 셋도 마찬가지였다. 대화해본 적 없는 다른 반 여자아이 몇 명만이 우리를 보며 뭔가 소곤댔다. 나는 뽀글머리를 쫓아가듯 자연스럽게 방향을 바꿔 한 번 더 말했다.

"인도에서의 녹음이 말이야." "그러니까, 인도에서의 녹음이 어쨌는데?"

스미레도 장단을 맞췄다. 하지만 여자아이들도 원래 대화로 돌아갔는지 이제 아무도 이쪽을 보지 않았다.

우리는 포기하지 않았다. 일주일에 세 번까지 해보기로 정하고 좋은 타이밍을 노려서 작전을 계속했다. 대사는 '인도에서의 녹음'과 관련지어 정했다.

"역시 인도의 소리는 다르다니까." "갠지스강을 표현한 곡이……" "타지마할!"

조금씩 강도를 높였지만 그래도 뽀글머리는 돌아보지 않았다. 작전 첫날 마주친 여자아이 무리는 그곳이 점심 후 수다를 나누는 고정 장소였는지 몇 번이나 우리를 쳐다봤다. 한번은 "너희 둘 인도 좋아해?" 하며 쭈뼛쭈뼛 물어봤지만 스미레가 거짓 웃음을 지으며 인도 영화 제목을 대여섯 개 말하자 그 후로는 말을 걸지 않았다.

악보를 못 읽는다

"야, 또 당근이 증식했어"라며 뽀글머리네가 웅성거리던 날이었다. 전날은 도서관에 볼일이 있다는 스미레와 따로 귀가했으므로 대체 누가 했을까 생각하고 있던 차에, 스미레가 가가미의 버스킹 정보를 얻어왔다.

'가가미 버스킹, 여름방학 중, 금요일.'

수업 중에 전보 같은 쪽지가 왔다.

쉬는 시간에 "어떻게 알았어?"라고 물었더니 미소 지으며 "이것도 인간 관찰의 성과"라고만 말했다. 스미레는 "정도를 지키는 관찰자가 되자"는 약속을 어겼을지도 몰랐다.

가가미의 버스킹 장소는 학교에서 제일 가까운 역에서도 해안을 따라 전철로 30분 정도 더 가야 하는 곳이었다. 아주 번화한 동네는 아니지만 넓은 공원이 있어서 가끔 플리마켓이 열리거나 버스킹 하는 사람이 모인다고 했다.

"꽤 먼 데서 하네"라고 하자 스미레가 몰래 보러 가자는 제안을 했다.

"사람들 틈에 숨어서 보면 가가미한테는 절대 들키지 않을 거야."

"들켜도 상관없지 않을까? 지나가다 본 척하면 되잖아."

"들키고 싶지 않단 말이야. 가가미를 보고 싶지만 가가미가 나를 보는 건 싫어."

그러면 투명 인간이 돼서 가가미 주변을 떠도는 거랑 마찬가지 아닌가, 하고 생각했다. 하지만 말은 하지 않고 고개만 끄덕였다. 아마도, 그런 귀찮고 성가신 감정을 사랑이라고 부를지도 모른다고 생각했기 때문이다.

"왜 그렇게 가가미한테 관심이 많은 거야?"

그 대신 물었다.

"가가미는 교실에서 음악 활동에 대해 전혀 이야기하지 않잖아. 나도 교실 밖에 내가 있을 곳을 스스로 만들 수 있는 사람이 되고 싶어."

스미레가 말했다.

뽀글머리가 돌아보는 일 없이 여름방학이 시작됐다.

첫 번째 금요일, 버스킹을 한다는 공원과 가까운 역에서 스미레와 만나기로 했다.

한 시간에 한 번이나 두 번 정도밖에 없는 전철에서 내리자 바다 기운이 느껴졌다. 같은 전철에 탔을지도 모른다고 생각

　　　　　　　　　　　　악보를 못 읽는다

했지만 스미레는 없었다.

자판기에서 산 탄산수를 마시며 기다렸다. 뚜껑을 비틀자 페트병 바닥에서 탄산 거품이 한 번에 떠올랐다. 스크램블 교차점의 하늘로 빨려올라가는 수많은 소원이 눈에 보인다면 이런 느낌일지도 모른다고 생각하며 푸른 하늘에 탄산수를 비춰봤다.

버스를 타고 온 스미레는 약속 시간인 오후 네 시가 넘어서 왔다. 크로스백과는 별개로 작고 옆으로 길쭉한 가방을 소중하게 끌어안고 있었다. 검은 가죽에는 YAMAHA 로고가 박혀 있었다. 내가 그걸 보고 있자, 스미레가 설명했다.

"이 안에 플루트가 있어."

처음 보는 사복은 마 소재의 하늘하늘한 원피스로, 교복을 입었을 때 이미지와 거의 비슷했다.

"혹시 이거 끝나고 레슨 있어?"

라고 묻자, 스미레는 조금 겸연쩍은 듯 "없지만"이라 답하고 입을 다물었다.

"한번 들어봐도 돼?"

스미레는 아기를 건네주듯 내게 플루트가 든 가방을 살포

시 안겼다. 보기보다 묵직한 무게감이 느껴졌다. 떨어뜨리지 않도록 조심조심하며 돌려주자 스미레가 미소를 지었다.

공원은 남아도는 땅을 마음껏 사용한 것처럼 넓었다. 스미레의 사전 조사에 따르면 가장 안쪽 광장으로 이어지는 긴 산책로 가장자리가 버스킹이 허용된 장소였지만, 지금은 이국의 큰 북을 쉼 없이 두드리는 남자가 한 명 있을 뿐이었다. 저녁이라지만 아직 기온이 높은데도 어두운 색깔의 슬림한 정장을 차려입은 남자는 시원스럽게 북을 치고 있었다. 어디에나 있을 법한 젊은 직장인 같은 분위기와, 익숙하지 않은 소리와 리듬은 기묘하게 어긋났다. 귀를 기울이는 관객은 아무도 없었지만 그 독특한 리듬은 나를 들뜨게 했다.

큰 북을 두드리는 남자를 지나쳐 광장 입구 근처 벤치에 앉았다. 스미레는 머리를 풀고 립밤을 바르더니 파우치에서 작은 녹음기를 꺼냈다.

"녹음할까 해서. 괜찮아, 악용하지 않아. 인간 관찰의 일환이야."

우리는 모인 사람들에 섞여 가가미를 훔쳐볼 계획이었다. 아무리 비밀이라고 해도 스미레처럼 편법을 사용해 정보를 얻은 여자아이들이 환호하거나, 응원 부채를 흔들거나, 현수막을 내걸 것이다. 통솔력 있는 누군가가 혼잡하지 않도록 정렬시키겠지. 우리는 그 틈에 숨어 간신히 가가미가 보이고 노래가 들리는 위치에 있자. 그런 계획을 세웠다. 학교에서 그렇게나 주목을 받는 가가미니까 학교라는 틀을 뛰어넘으면 더욱 심할 거라고 생각했다.

그러나 가가미가 끌어모은 관객은 우리 상상과 달리 굉장히 빈약했다.

시간이 거의 다 됐는데도 주변에는 타악기를 연주하는 남자밖에 없었다. 이래서는 우리 둘을 가려줄 사람들이 없었다. 어떡하지, 시작해버릴 거야, 그런 말을 나누는 사이 광장 쪽에서 오후 다섯 시를 알리는 동요가 깜짝 놀랄 만큼 큰 소리로 방송됐고 비둘기가 일제히 날아올랐다. 동시에 어쿠스틱 기타를 든 가가미가 광장 중앙의 분수 뒤편에서 나타났다. 힘이 들어간 걸음걸이였고 그저 앞만 보며 걸었다. 검은 티셔츠에 청바지라는 단순한 복장을 한 그는 평소와 마찬가지로 멋졌다. 하지만 뭔가 이상했다. 뭔가 달랐다.

숨을 죽이고 그가 입장하는 걸 지켜봤다. 가가미는 우리 바로 앞을 지나쳐 큰 북을 연주하는 남자와 조금 떨어진 곳에 자리를 잡았다. 나와 스미레가 있다는 걸 눈치채지 못한 모양이었다. 그도 그럴 것이, 그는 한 번도 주위를 둘러보지 않았다. 등장할 때부터 자기 발에서 몇 센티미터 앞에 있는 땅의 한 점을 불태워버릴 듯 쳐다볼 뿐이었다.

이윽고 딱히 인사 따위도 없이 가가미가 노래를 시작했다. 이상했다. 이번에는 왜 이상한 건지 바로 알았다. 노래를 못했다. 음정이 틀렸다든가 배에서 나오는 소리가 아니라든가 그런 단순한 정도가 아니었다. 물론 음정도 어긋났고 목소리도 가늘었지만 가가미 목소리는 그의 입 안에서만 맴돌아, 벤치까지 닿지 않고 자신의 주변에만 막 같은 것을 만들어냈다. 그 막은 이국의 타악기 리듬에 흔들려 떨리고 있었다. 몇 초에 한 번, 타악기에 의해 막이 깨지고 가가미의 뒤집힌 목소리와 기타 소리가 새어나왔다. 기타도 기타대로 안타까운 수준이었다. 악기점에서 초보 아저씨가 시험 삼아 쳐볼 때처럼 가냘프고 불안한 소리였다. 가가미가 KK가 아니라는 사실은 이제 명백했다.

나도 스미레도 벤치에서 일어설 수 없었다. 봐서는 안 될 장

면을 봐버린 기분이었다.

부르고 있는 곡은 틀림없이 자작곡이었다. 가사는 알아들을 수 없어서 뭐라 평할 수 없었지만, 템포가 이상하게 빨랐고 입은 어려운 단어를 연달아 말할 때처럼 헛돌아서 우스꽝스러웠다. 학교 복도에서 BGM과 함께 빛을 발산하는 그와 눈앞에 있는 그는 완전히 다른 사람 같았다.

웅얼거리는 목소리, 시험 연주 수준의 기타, 매미 울음소리, 이국의 타악기, 헛도는 입, 멋있는 외모, 어렴풋한 더위. 모든 게 겹치고 뒤섞여 현기증이 났다.

두 번째 곡이 시작됐을 때 스미레 쪽을 흘끗 봤다. 불쌍하기도 하지, 그렇게 기대했는데. 스미레는 플루트 케이스를 끌어안고 가가미가 아닌 타악기 치는 남자 쪽을 보려고 노력하고 있었다.

"어떡하지." 스미레가 나를 보며 내 어깨에 손을 얹었다. 조금 전까지와는 완전히 다르게 안색이 나쁘고 창백했다. 녹음기 전원은 이미 꺼져 있었다.

스미레는 목소리를 짜내며 "나 집에 가도 돼?"라고 했다.

"당연하지, 무리하지 마. 나도 같이 가자."

"응, 근데 내 욕심이지만, 혹시 들을 수 있을 것 같으면 마지막까지 혼자서 들어주면 좋겠는데, 괜찮아? 그리고 나중에 어떤 느낌이었는지 가르쳐줘."

스미레는 애처롭게 자기 가슴 주변을 위아래로 문지르며 말했다.

하늘이 밝긴 했지만 확실히 서늘해지고 있었다. 가가미의 이런 모습을 혼자서 계속 보는 건 무서웠다. 그러나 마지막까지 지켜보고 싶은 호기심도 조금 있었다.

"네가 원한다면 그렇게 할게."

내가 답하자 스미레는 "고마워" 하고는 정중하게 고개를 숙였다.

"플루트 가져오면 중간에 눈치챈 가가미가 자연스레 합주하자고 하지 않을까, 하는 망상에 가지고 와버렸는데 그럴 일은 없었네."

부끄러운 듯 그렇게 말한 스미레는 뒤도 한번 돌아보지 않고 집으로 향했다. 품에 든 플루트 케이스가 아까보다 더 무거워 보였다.

두 번째 곡은 남성 댄스 그룹의 히트곡이었다. 가가미의 어설픈 연주와 노래는 어찌할 수 없을 만큼 촌스러웠다. 도망치고 싶었지만 스미레 대신 끝까지 관찰해야 한다고 다짐하며 보고 있었다. 굉장히 막막해졌다. 가가미는 아마, 내가 있다는 걸 아직 몰랐다. 그런데도 두 번째 곡을 끝내고 누구를 향해서인지, "다음이 마지막 곡입니다" 하고 목소리를 높였다. 여태껏 낸 소리 중 그 목소리가 가장 잘 들렸다.

잠시 후 가가미 옆에 누군가가 불쑥 섰다. 뽀글머리였다.

어느 틈에 가까이 온 걸까. 뽀글머리는 손에 탬버린을 하나 들고 있었다. 뽀글머리가 탬버린을 칠 준비를 하자 가가미가 빈약한 소리로 도입부를 연주했다. 거기에 맞춰 뽀글머리가 깔끔한 동작으로 탬버린을 한 번 쳤다.

그 순간, 있을 리 없는 무대 조명이 켜진 듯 색채가 달라졌다. 뽀글머리는 이어서 몇 가지 음색과 리듬을 자유자재로 사용했다. 한 음 한 음, 가가미 연주에 색을 입혔다.

민첩하고 간결한 움직임 하나하나에 시선을 빼앗겨 눈을 뗄 수 없었다. 제일 대단한 점은 뽀글머리의 연주가 가가미의 연주보다 몇 단계나 더 훌륭한데도 뽀글머리가 절대 가가미에게서 주연 자리를 빼앗으려 하지 않는다는 거였다. 그의 연주에는 어디까지나 가가미의 퍼포먼스에 보조로 존재한다는 자세가 배어났다.

후렴 부분에서는 뽀글머리도 코러스로 참가했다. 역시 뽀글머리 목소리는 잘 들려서 드디어 가사를 알아들을 수 있었다. 또 다른 자작곡인 것 같았다.

'그 스크램블 교차점에서 언젠가 멈춰 서

아무도 멈추지 않지만 혼자 멈춰 서

그러면 소원이 이뤄진다고 그 사람이 말했으니까'

뽀글머리는 또렷하게 불렀다. 순정 만화의 독백 같은 지나치게 감성적인 가사라고 생각했지만 그 도시 전설에 관한 내용이라는 걸 알아차렸다. 뽀글머리가 탬버린을 흔들 때마다 스크램블 교차점의 네온사인이 하나씩 하나씩 켜지듯 점점 하늘이 물들고 조금씩 도쿄가 보였다.

그 후렴이 몇 번이나 반복됐다. 노래하면서도 탬버린을 치는 손은 쉬지 않았고, 리듬도 박자도 무너지지 않았다. 뽀글머리 목소리에는 내게까지 와닿는 감정이 담겨 있었다. 뽀글머리의 코러스가 들어가는 후렴 가사밖에 알아듣지 못했지만 이전 두 곡과는 비교할 수 없을 만큼 좋았다. 스미레가 함께

악보를 못 읽는다

있었다면 좋았을 텐데, 하고 생각했다. 돌아가는 길에 이 노래를 같이 흥얼거리며 해변을 달렸다면 분명 몇 년이 지나서도 떠올릴 수 있는 완벽한 장면이었을 것이다.

타악기 치는 남자는 잠시 손을 멈추더니 조금 전까지 자기 옆에 두었던 모기향을 뽀글머리에게 바치듯 그의 발 근처에 놓곤 다시 자기 연주로 돌아갔다.

뽀글머리였다.

그 4인조를 볼 때 들리던 BGM을 뿜어내는 사람은 다른 누구도 아닌 뽀글머리였다. 왜 지금껏 눈치채지 못했을까. 뽀글머리가 가진 힘의 근원을 알고 싶다고 생각했다. 어떻게 다가가면, 어떻게 말을 걸면, 어떻게 친해지면 알 수 있을까.

정신을 차리고 보니 두 사람 앞으로 가까이 달려가 있었다. 후렴이 계속 반복되고 있었다. 아주 가까운 거리에서, 연주하는 뽀글머리를, 때때로 가가미를 그저 바라봤다. 몸을 흔들거나 손으로 박자를 맞추면 흐름을 방해할까 두려워서 그저 가만히 보는 것밖에 할 수 없었다. 뽀글머리의 움직임과 연주와 목소리와 흘러나오는 체온이 나를 앞으로 위로 엄청나게 끌어당기는 것 같았다. 마치 어떤 일이든 좋은 방향으로 갈 거라고 믿게 하는 뭔가가 있었다. 음이 조금 올라갔다. 마지막 하이라이트에 들어간 듯했다. 끝나지 않았으면, 이대로 계속됐으면 좋겠다고 생각했다.

뽀글머리는 똑바로 앞을 향해 선 채 눈을 크게 뜨고 있었지만 내가 보이지 않는 것 같았다. 그의 눈에는 지금 뭐가 보일까. 그것도 알고 싶었다. 뽀글머리에게 나는 보이지 않아도 되니까, 오히려 보이지 않았으면 좋겠지만 나는 뽀글머리의 모습을 이대로 계속 보고 싶었다.

이윽고 연주가 끝났다. 타악기를 치는 남자도 어느샌가 사라지고 없었다. 멀리서 어린아이가 한두 번 높은 웃음소리를 내었고 그 소리가 사라지자 정적이 흘렀다. 뽀글머리의 탬버린 속으로 모든 소리가 빨려들어간 듯했다. 나는 박수도 치지 못했다. 가가미는 정중앙에서 꼼짝도 못한 채 서 있는 나를 이상하다는 듯이 보고 뭔가 말하려 했지만 뽀글머리는 그 옆에서 재빠르게 정리를 시작했고,

"가가미, 가자" 하며 등을 돌렸다.

"잠깐만."

나도 모르게 말을 걸자 뽀글머리가 가가미의 등을 툭툭 쳐

서 먼저 가라는 신호를 준 것 같았다. 가가미가 멀어지자 뽀글 머리는 익숙한 듯 사무적으로 말했다.

"가가미의 광팬? 아니면 스토커인가요? 이 공연은 우리 연습의 일환이라 알리지도 않았고, 필요 이상으로 접근하는 건 가가미가 아주 싫어하니까 그만둬주세요. 가가미는 그걸 더 기뻐할 겁니다."

"그, 나는 너랑 같은 반인……"

거기까지 말하자 뽀글머리는 눈을 찡그리고 드디어 내 얼굴을 봤다.

"아, 너구나, 점심시간에 남자 화장실 근처에서 언제나 인도 이야기를 큰 소리로 떠드는 수수께끼 2인조 중 한 명."

작전은 통했다. 하지만 지금 상황에서는 그게 나쁜 방향으로 작용한 듯했다. 뽀글머리는 더더욱 수상쩍다는 듯 이쪽을 보고 있었다.

"응. 맞아. 하지만 그건 이유가 있어서 그랬어. 미안, 인도에 가본 적은 없는데,"

어째서 이렇게나 긴장한 걸까.

"음, 스가야였던가? 우리한테 무슨 용건 있어?"

뽀글머리는 굳은 표정을 풀지 않았다.

"너도 매주 가가미 공연에 나와? 그럼 또 들으러 와도 될까? 아, 내 이름은 스가노야. 스가노 유미."

뽀글머리는 땀을 흘린 탓인지 머리카락이 평소보다도 더 구불거렸다. 그 머리카락에서 생명력마저 느껴졌다.

"굉장하다고 생각했어. 탬버린도, 노래도 아무튼 엄청나게 좋은 일이 일어날 것 같고 어떤 소원이든 이뤄질 것 같은 예감이 들었어. 이런 건 처음 느껴봐서 아직은 좀 부족하다고 할까."

문장을 쥐어짜냈다. 뽀글머리가 떨떠름한 표정으로 입을 다물고 있기에 계속 말을 이었다.

"아, 제대로 들린 건 세 번째 곡의 탬버린 소리랑 후렴 가사뿐이긴 해. 다른 건 웅얼거려서……."

뽀글머리는 "크" 하는 소리를 시작으로 "크헤헤헤" 하며 웃다가 목에 걸렸는지 격렬하게 콜록댔다. 페트병에 든 물을 비워서 목을 가라앉힌 그는,

"스가노, 오는 건 네 자유야"

라고 경계 태세를 무너뜨린 듯한 목소리로 이어 말했다.

"하지만 다른 사람한테는 절대 말하지 않기로 약속해. 이

이상 다른 애들을 부르거나 하지 마. 가가미를 보려고 여자애들이 몰리면 하기 힘들어져. 우리는 아직 연습 중이니까. 그리고, 오늘 앉아 있던 벤치에서 보는 정도로 해줘. 그것보다 더 가까이 오지는 마, 절대."

거기까지 말한 뽀글머리는 또 한 번 큼, 하고 기침을 했다.

곧바로 스미레에 대해 말할까 생각했다. 조금 전까지 있었던 스미레라면 데려와도 허락할 거라고 생각했기 때문이다. 스미레가 가가미의 '관찰자'라는 사실만 감추면 된다. 하지만 내 입에서 나온 건 스미레의 이름이 아니었다.

"구로키, 꼭 혼자서 올게. 아무한테도 말 안 해."

나는 그렇게 약속했다.

"부탁해, 스가노."

뽀글머리는 뒤를 돌아 머리카락을 튕기며 가가미를 향해 뛰어갔다.

스미레에게 비밀이 생겨버렸다. 돌아가는 전철에서 곧바로 문자를 보냈다.

"미안. 나도 역시 혼자 있긴 힘들어서 그 후에 곧 돌아왔어."

거짓말을 했다는 켕김을 떨쳐내듯 어두컴컴한 창밖에 펼쳐져 있을 바다를 떠올렸다. 그러다 뽀글머리 노랫소리가 KK와 닮지 않았나, 하고 생각했다. 하지만 설마 뽀글머리가 KK일 리가. 웃음이 터질 뻔해 참았다.

그 뒤로는 매주 혼자 갔다. 언제나 그 세 곡이 그 순서대로 반복됐다. 늘 있는 타악기 치는 남자를 빼면 제대로 된 관객은 나밖에 없었다. 가끔 개를 산책시키는 할아버지가 멈춰 설 뿐이었다. 타악기 치는 남자는 매번 뽀글머리 발치에 모기향을 놓았다. 나는 뽀글머리가 말한 대로 처음 앉았던 벤치에 앉아서 들었다. 전해지는 소리는 역시 뽀글머리가 참여하는 세 번째 곡 후렴뿐이었지만 이 정도 거리감이 딱 좋았다. 처음 왔을 때 이후로 뽀글머리에게는 접근하지 않았고, 말도 걸지 않았다. 뽀글머리가 가가미에게 나에 대해 설명했는지 아닌지도 몰랐다. 그저 뽀글머리의 연주를, 세 번째 곡의 후렴을 들으면 소원이 이뤄질 듯한 예감이 들었고 그들이 뒷정리를 하는 동안 슬쩍 집으로 돌아갈 뿐이었다.

그러는 동안에 스미레의 플루트 발표회에 초대받았다. 오봉이 지나고 얼마 안 됐을 때였다. 동네에 있는 아담한 회관은 관객으로 가득했다. 스미레가 다니는 플루트 교실 학생들이

한 명씩 연주하거나 몇몇이 합주했다. 스미레는 인도에 대한 지식을 늘어놓을 때와는 다른 여성으로 보였다.

연주가 멈추지는 않을까, 갑자기 음을 틀리지는 않을까. 기도하듯 몸을 굳힌 채로 들었더니 끝날 무렵에는 두통이 왔다. 뽀글머리가 무대 – 라고는 해도 공원 옆이지만 – 에 섰을 때 발산하는 압도적인 느낌 같은 건 전혀 없었다. 하지만 나도 그런 소리를 낼 수 있다면 얼마나 멋질까, 하고 생각했다.

여름방학의 마지막 금요일은 무척 후덥지근했고 일기예보에서는 밤부터 비가 내린다고 했다. 매번 앉는 벤치에서 공연이 시작하길 기다리고 있었는데 갑자기 플루트 케이스를 든 스미레가 나타나서 깜짝 놀랐다.

당연히 스미레도 놀란 듯했다. 재빠르게 변명을 생각해내려던 차에 스미레가 얼굴을 빨갛게 물들이며 말했다.

"마지막이다 싶어서……. 또 가자고 했다가 중간에 가고 싶어지면 미안하니까 혼자 왔어. 가가미의 그런 이미지를 가진 채로 여름방학을 끝내면 안 된다고 생각했달까."

나는 "나도. 나도 똑같아"라고 얼버무렸다.

"우리는 역시 닮았어."

스미레는 수상하게 생각하지 않는 것 같았다.

"오늘은 녹음 안 할래"라고 가볍게 말한 스미레는 치마를 부풀리며 내 옆에 앉았다.

내가 스미레를 초대했다고 오해하면 뽀글머리가 나를 싫어할지도 모른다. 그렇게 생각하자 무서워졌다. 하지만 뽀글머리는 연주할 때 나를 보지도 않으니까 늘 그렇듯 조용히 듣고 슬쩍 돌아가면 스미레는 아무 문제가 안 될 수도 있었다.

타악기 치는 남자는 하필이면 이런 날 아직 오지 않았다. 매미만 환호성을 지르는 무대에 가가미가 나타나 연주를 시작했다. 여름방학 동안 전혀 늘지 않았다.

옆에 있는 스미레는 몸을 굳히고 눈을 감고 있었다. 두 번째 곡이 시작하고 온 타악기 치는 남자의 리듬이 더해져도 스미레는 돌아가려 하지 않았다. 계속 눈을 감은 채 움직이지 않았지만 세 번째 곡에서 뽀글머리가 등장하자 눈을 크게 뜨고 재빠르게 내 어깨를 몇 번이나 두드렸다. 나도 스미레의 표정을 흉내 내며 놀란 척했다. 곡 후반에 들어서자 스미레가 후렴 부분을 작은 목소리로 흥얼거리길래 나도 똑같이 했다. 하지만

악보를 못 읽는다

마음속으로는 여름방학 마지막 연주인데 스미레 때문에 몰입할 수 없어 아쉽다고 생각해버렸다.

이제 연주가 끝나면 평소처럼 돌아가면 된다. 그러면 내가 스미레에게 한 거짓말은 없었던 일이 될 터였다.

"스가노, 매주 와줘서 고마워!"

갑자기 목소리를 높인 건 뽀글머리가 아닌 가가미였다.

한창 후주 중이었다. 가가미는 끼릭끼릭 기타를 치면서,

"덕분에 좋은 여름이었습니다!"

라고 여름 투어 마지막 날을 맞이한 인기 뮤지션처럼 이쪽을 향해 지나치게 상쾌한 웃음을 지으며 외쳤다. 뽀글머리는 무표정으로 탬버린을 계속 치고 있었다.

"매주 가가미를 보러 왔어?"

스미레는 나를 보지 않고 물었다.

그렇다고 하든 아니라고 하든 어느 쪽이든 거짓말이라 생각해서 망설였다.

"매주 온 건 맞아, 하지만 가가미를 보러 온 게 아니야."

"왜 나한테 거짓말 했어?"

"뽀글머리가 말하지 말라고 해서, 그래서."

아무 말도 하지 못했다. 나는 왜 스미레와 한 약속보다 뽀글머리와 한 약속을 우선했을까. 스미레가 일어서서 공원 문으로 달려갔다. 쫓아가야 했는데 움직일 수 없었다.

"인도 친구랑 갈라섰어?"

그들이 뒷정리를 끝낼 때까지도 벤치에 앉아 있었더니 뽀글머리가 와줬다. 처음으로 말한 날 이후 대화한 적은 한 번도 없었는데 예전보다 훨씬 더 가까운 사이가 된 기분이 들었다.

"정말 고마워! 이번 여름에 굉장히 진화한 느낌이야!"

가가미가 멀리 떨어진 곳에서 말했다. 아까와 마찬가지로 인기 뮤지션이라도 된 듯한 태도였지만,

"하지만 학교에서는 여기에서 한 공연은 절대로 비밀이야. 물론 노래를 못한다는 것도!"

하고 덧붙일 때, 갑자기 아무것도 가장하지 않는 평범한 소년의 눈과 말투가 됐다.

가가미는 자신의 노래가 서툴다는 걸 알고 있었다. 서툴러도 노래하고 싶은 것이다.

처음 본 분위기에 조금 놀라서 나는 아무 말 없이 크게 두 번 고개를 끄덕였다. 가가미는 뽀글머리에게 "그럼 나 학원

악보를 못 읽는다

때문에 먼저 간다!" 하고 외쳤다.

"하기 강습 최종 테스트라니, 최고의 마지막 공연이 끝났는데 말야, 진짜 싫다."

한순간에 평소의 가가미로 돌아간 그에게, 뽀글머리는 아무것도 눈치채지 못한 듯 "어, 힘내라"라고 말하며 손을 흔들었다. 가가미는 기타 케이스를 높이 들어올리곤 씩씩하게 멀어져갔다. 뒷모습만큼은 정말로 아이돌 같았다.

"노래는 앞으로 늘 거야. 그러니까 지금부터 노래를 잘하는 사람처럼 행동하자고 얘기했어. 게다가 저 녀석은 아이돌스럽게 행동하는 게 더 매력적이니까."

뽀글머리는 가가미가 보이지 않게 되고 나서야 노련한 매니저처럼 말했다.

"펠레와 흑표범은 알아? 가가미 노래에 대해서."

"못한다는 건 몰라. 가가미는 걔네 앞에서 절대로 노래 안 하거든. 그래서, 인도 친구는 어쨌어?"

구름이 짙어서 해가 지는 게 더 빠르게 느껴졌다. 내가 처음에는 둘이서 왔다는 것, 그 후에는 스미레에게 거짓말을 하고 혼자서 왔다는 걸 천천히 설명하자 어느샌가 옆에 앉아 있던

뽀글머리는,

"그렇구나, 그, 미안"

하고 사과했다. 나는 어느샌가 울고 있었다. 하지만 왜 울고 있는지 스스로도 잘 몰랐다. 스미레에게 미움받을까 봐 무서워서, 거짓말을 한 내가 싫어서, 스미레를 쫓아가지 않은 내가 치사해서, 여름방학이 끝나버려서, 곧 비가 올 것 같아서. 여러 이유가 떠올랐다. 그래도 뽀글머리가 떠난 후에 혼자서 울면 됐을 텐데.

울음을 멈추지 못하자 뽀글머리는 후, 하고 한숨을 쉬더니 갑자기 그 도시 전설 이야기를 꺼냈다.

"언젠가 그 밴드 같은 노래를 부를 거야. 모든 사람의 소원이 이뤄지는 노래."

"그럼, 구로키는 역시 KK가 아니구나."

"무슨 소리야, 당연하잖아. 왜 그런 생각을 한 건데?"

뽀글머리는 조금 황당한 듯 말하더니 "크헤헤헤헤헤헤헤" 하고 평소보다도 더 오랫동안 웃었다.

"그렇게 생각하는 건 분명 스가노뿐일걸."

"그럼 스크램블 교차점이 나오는 세 번째 곡, 그 곡은 네가 만들었어?"

뽀글머리는 목소리를 가다듬듯 크흠, 하고 기침을 한 번 하더니,

"맞아" 하며 힘차게 고개를 끄덕였다.

"좋은 곡이지? 자신 있는 작품이야. 가가미는 악보도 잘 못 읽으니까 작곡은 내 담당이야."

"응. 나는 KK의 곡보다 그 곡이 더 좋아. 가가미 목소리는 멀어서 후렴 말곤 안 들렸지만 나중에 가사 전부 알려줘."

"후렴밖에 안 들리니까 좋게 들리는 걸지도. 그리고 KK 곡보다는 별로야. 하지만 그런 전설을 만들어낼 만한 밴드를 정말로 할 거야, 언젠가."

뽀글머리는 희망밖에 보이지 않는 것처럼 선언했다.

"너는 어떻게 그렇게 흔들림이 없어? 그렇게……"

그렇게 머리카락이 뽀글거리는데. 키가 작은데. 못생겼는데. 공부도 잘 못하는데. 탬버린이랑 노래는 굉장하지만 나와 비슷할 정도로 이곳저곳이 모자라는데.

"내가 그렇게 보인다면, 아마 주문 덕분이야."

"주문?"

그 말을 되풀이하는 내게, 뽀글머리는 잠시 뜸을 들이더니

"내 주문, 가르쳐줄까?"

라고 말했다.

"뭐든 할 수 있을 것 같은 기분이 드는 주문. 가르쳐줄게, 스가노한테는."

뽀글머리는 숨을 훅 들이마신 다음,

"구와타 게이스케는 악보를 못 읽는다"

라고 잽싸게 말한 뒤 침묵했다.

"엇, 그게 주문이야?"

"그래. 이걸 외우면 근거 없는 자신감이 솟아나. 구와타 게이스케라는 사람 알아? 사잔 올 스타즈의 보컬."

당연히 알았다. 몇 곡의 후렴은 흥얼거릴 수도 있었다.

"KK는 구와타 게이스케를 옛날부터 존경해서 그의 이니셜을 따 KK라는 예명을 지었는데, KK 말로는 구와타가 사실 악보를 못 읽는대. 그 명곡을 탄생시킨 구와타가, 그런 멋진 곡을 부르는 구와타가 실은 악보를 못 읽는다. 그 사실을 알았을 때 엄청난 희망을 느꼈다고 해. 그래서 지금도 우울할 때면 외운대. '구와타 게이스케는 악보를 못 읽는다'고. 나도 따라서

외우고 있어."

뽀글머리는 끌어안은 무릎에 얼굴을 반쯤 파묻으며 가르쳐 줬다. 부끄러움과 쑥스러움을 필사적으로 감추려는 듯이 보였다. 구와타 게이스케는 악보를 못 읽지만 명곡을 탄생시킬 수 있다. 부족한 면이 있어도 괜찮다고 말하고 싶은 걸까.

"KK도 악보를 못 읽어?"

"아니, KK는 읽을 수 있대. 잡지 인터뷰에서 그러더라."

"뭔가 복잡하네."

"복잡하지 않아. KK의 주문에서 '악보를 못 읽는다'는 건 비유이자 메타포이자 예시야."

뽀글머리는 초등학생 남자아이처럼 아주 조금 발끈했다.

"난 의기소침해질 것 같으면, 자신이 없어질 것 같으면 이걸 외워. 구와타 게이스케는 악보를 못 읽는다. 구와타 게이스케는 악보를 못 읽는다. 구와타 게이스케는 악보를 못 읽는다. 이렇게. 너도 외워봐."

나는 매우 의심스러웠지만 한번 읊어봤다.

"구와타 게이스케는 악보를 못 읽는다."

부끄럽기도 해서 힘없는 목소리가 나왔다. 이런 말 한마디로 긍정적인 사람이 될 수 있다면 얼마나 편할까. 나는 근본부터 의심이 많고 어두운 내 성격이, 그리고 뽀글머리의 순수함이 지긋지긋하다고 생각했다.

"자, 한 번 더. 좀 더 큰 소리로!"

뽀글머리가 격려하듯 말했지만 입을 뗄 수 없었다.

"뭐, 이 주문을 외우고 나서 인도 친구한테 사과해봐. 다음 전철 놓치면 또 한 시간 기다려야 된다?"

뽀글머리가 포기한 듯 말하고 역 쪽으로 달려가길래 그 뒤를 쫓아갔다. 뒤를 돌아보지는 않았지만 나를 두고 가지 않을 정도의 속도로 달려주고 있는 것 같았다.

숨을 헐떡이며 출발 직전 전철에 겨우 탔다. 문이 닫히고 움직이자 곧 비가 내렸다. 뽀글머리는 뺨을 타고 내려갈 정도로 땀을 많이 흘리고 있어서, 누가 먼저랄 것도 없이 한 자리를 띄우고 앉았다.

"참, 구로키는 악보 읽을 수 있어?"

숨을 고르다 갑자기 물었더니 뽀글머리가 놀랐는지 목이 멘 채로 말했다.

"당연하지."

"구와타 게이스케는 악보를 못 읽는다. KK는 읽을 수 있다. 구로키도 읽을 수 있다."

"그래. 그게 정답이야."

"구로키, 입학식 다음 날 교실에서 말했지? 우리에게는 앞으로 행복한 일만 일어날지도 모르는데, 라고."

"그런 말을 했나?"

"했어. 그 말, 세 번째 곡이랑 왠지 닮은 느낌이야."

뽀글머리는 "닮았나"라고 말하며 창 너머를 보고 있었다.

"일단 인도 친구한테는 바로 사과해봐."

나보다 한 정거장 앞에서 내린 뽀글머리는 마지막에 그렇게 말했다.

플랫폼에서 전화를 걸었지만 스미레는 받지 않았다. 한 번 더 해봤지만 마찬가지였다. 한 번 더, 라고 생각한 순간 갑자기 무서워져서 떨쳐내듯 말해봤다.

"구와타 게이스케는 악보를 못 읽는다."

역시 내게는 그다지 효과가 없는 듯, 다시 걸 수 없었다.

창가의 야채칩은 어느샌가 치워졌다. 새 학기가 시작되자

가가미와 뽀글머리의 금요일 공연은 다른 세계에서 일어난 일처럼 갑자기 멀어졌다. 나를 향해 감사 인사를 외치던 가가미는 눈이 마주쳐도 모른 척을 했다. 더욱 까매진 펠레와 흑표범은 가가미와 뽀글머리에게 여름 합숙에서 있었던 일을 이야기하고 있었다.

스미레와는 화해하지 못한 채였다. 교실에서 마주쳤지만 스미레는 내가 보이지 않는 것처럼 행동했다. 쉬는 시간에는 혼자 책을 읽었다. 제비꽃이라는 이름의 뜻과 딱 맞게 다소곳했다. 학교 밖에도 자기 세계를 갖고 있는 사람만의 분위기였다. 그 모습을 보니, 스미레는 원래 혼자 있고 싶었을지도 모른다는 생각이 들었다.

안뜰에서 도시락을 열려고 할 때 수예부의 아베 무리가 다가와 같이 점심을 먹었다. 여름방학에 합숙을 꽤 오래 했다는 것 같던데, 점심 연습을 하는 관악부 1학년생들의 소리는 역시 그다지 성장하지 않았다. 간단해 보이는 한 음 오래 내기도 소리가 떨리는 것 같았다. 외부인이지만 그들이 3학년이 될 때까지 정말로 전국 대회에 나갈 만한 실력을 갖출 수 있을까, 하고 불안해하며 차를 마셨다.

악보를 못 읽는다

아베는 말수가 적은 나를 위로하듯 말했다.

"스미레는 예쁜 데다 자기 세계가 있는 느낌이라 멋지지만, 뭔가 다가가기가 힘들지. 하지만 유미는 대화하기 편해. 유미, 스미레한테 인간 관찰이니 인도니 이래저래 무리하게 끌려다녔지?"

처음으로, 주변에는 무교가 아니라 스미레교로 보였다는 걸 깨달았다.

아베가 권한 대로 수예부를 견학하고 가는 길이었다. 가방을 가지러 교실에 갔는데 아무도 없었다. 동아리 활동을 하지 않는 내가 혼자 이런 교실을 보는 건 처음이었다. 암막 커튼이 틈 없이 쳐져 있어 어둑어둑했다. 칠판에는 물걸레질 자국이 아직 선명하게 남아 있었다.

문득, 스미레 책상 속에 관찰일기가 있을지도 모른다는 생각이 들었다. 현대문학 공책과 일체화된 연지색의 그 공책. 스미레 책상으로 갔다. 조금 몸을 숙여 보면 있는지 없는지 바로 알 수 있을 터였다.

만약 있다면? 언제부턴가 분명 나에 대해 썼을 거라고 생각했다. 아마 눈을 가리고 싶어질 만한 내용이겠지. 스미레가 샤프로 쓴 가지런한 글자가 떠올랐다.

'유미는 무교 따위가 아니다.

열중할 대상이 없으니 나를 흉내 내고 있는 평범한 나의 신 자일 뿐이다.'

스미레를 동경하지만 동경하는 만큼 상처받고 있었다는 생 각이 들었다. 플루트가 어울리는 아름다움, 평소에는 새침한 데 사랑할 때는 주변이 눈에 들어오지 않는 귀여움, 누구에게 도 위축되지 않고 사람을 대하는 태도, 흔들리지 않는 개성, 관찰일기를 쓰는 특이함. 나는 가질 수 없었다.

뽀글머리의 음악을 접할 수 있는 그 장소만은 독점하고 싶 어서 스미레를 따돌렸던 걸까.

책상 속에 손을 넣었다. 스미레에게 나보다 더러운 부분이 있는지 확인하고 싶었다. 이 공책에 나에 대한 관찰을, 자신 을 동경하는 평범하고 시시한 여자아이의 생태를 못된 언어 로 적었다면, 스미레를 조금이라도 싫어할 수 있다면…… 하 고 생각했다. 공책을 손에 들고 달렸다. 나선계단을 뛰어내려 가고 있는데, 위에서부터 목소리가 들려왔다.

"뭐가 그렇게 급해?"

올려다보니 손에 양동이를 든 뽀글머리가 서 있었다. 그늘이 져 얼굴은 안 보였지만 머리카락 실루엣으로 알아봤다. 지금은 그 BGM도 들리지 않았다.

"아직 화해 못했어?"

몇 계단을 내려온 뽀글머리는 내 대답을 기다렸다. 나는 끄덕인 후 말했다.

"나는 어떻게 봐도 스미레보다 못하지?"

뽀글머리는 언제나 같이 있는 다른 애들보다 자기가 못하다고 생각하는 일이 없는 걸까. 괴로워하지 않는 걸까.

뽀글머리는 조금 생각하더니 계단에 걸터앉았다.

"비교해서 자기가 못하다고 생각한다는 건, 상대를 대단한 사람이라고 생각할 수 있다는 거지."

대답이 되는 것 같기도, 되지 않는 것 같기도 한 말이었다.

"그럼, 예를 들어 가가미는? 어떻게 생각하면서 같이 있는 거야?"

"가가미는 보다시피 마음 깊은 곳에서부터 낙관적이고 악의가 없고, 어디에 있어도 주인공이 되는 재능이 있어. 노래를 못해서 자신감은 상당히 부족하지만 그걸 보이지 않게 하는 영리함이 있지. 나는 못생겼고 인기가 없으니까 그런 면에서 가가미를 동경하고, 또 부러워."

지금까지 중에 나를 가장 똑바로 보고 있었다.

"하지만, 부럽다고 생각할 정도로 존경할 수 있고, 그래서 끌리는 사람과 같이 있고 싶은 게 뭐가 나빠."

뽀글머리는 그렇게 자기 자신도 타이르듯 말을 이었다. 구름이 잠시 걷혔는지 갑자기 주변이 오렌지빛이 되었다. 그러나 뽀글머리의 곱슬곱슬하고 뻣뻣한 머리카락은 노을도 통과하지 못했다.

"그러니까, 인도 친구를 그렇게 생각한다면 빨리 화해해야지. 제대로 이야기하면 어떻게든 될 거야."

뽀글머리는 대체 뭘까. 어째서 이렇게나 신처럼 거짓이 없고 올곧을까. 내가 침묵하고 있자 뽀글머리가 말했다.

"이럴 때일수록 외워야지. 구와타 게이스케는 악보를 못 읽는다. 구와타 게이스케는 악보를 못 읽는다."

그런 다음 훌쩍 일어나 몇 걸음 더 내려와서 나를 지켜봤다. 결심하고 외웠다.

"구와타 게이스케는 악보를 못 읽는다. 구와타 게이스케는

악보를 못 읽는다. 구와타 게이스케는 악보를 못 읽는다."

신기했다. 뽀글머리의 순수함을 접해서일까, 주문이 서서히 효력을 발휘했다. 나는 미인이 아니다. 내게는 몰입할 대상이 없다. 나는 머리가 좋지 않다. 나는 노력하지 않는다. 나는 솔직한 성격도 아니다. 나는 친구도 많지 않다. 나는 맑고 투명한 목소리도 갖고 있지 않다. 나는 가슴이 커지지 않는다. 나는 다른 여자아이들처럼 좋은 향기가 나지 않는다. 나는 다른 사람들이 좋아하는 편이 아니다. 나는 빨리 달릴 수 없다. 나는 중요할 때 일을 그르친다. 나는 다른 사람보다 우월한 점이 아마도 없다. 나는 자신이 무엇이 되고 싶은지조차 모른다. 그 사실과 구와타 게이스케가 악보를 읽지 못하는 건 전혀 다른 차원의 이야기다. 그렇지만 지금은 나의 못난 부분도 전부 괜찮다는 말을 들은 듯한 기분이 들었다.

구와타 게이스케는 악보를 못 읽는다. 하지만 아름다운 곡을 계속해서 만들어내고 있다. 나는 매력이 없다. 그래도, 그래도 뭔가 할 수 있을지도 모른다는 근거 없는 희망이 피어올랐다.

"어쩌면, 효과가 있는지도 모르겠어."

부끄러워서 조심스럽게 고백하자,

"이제 됐나" 하며

뽀글머리가 만족스럽게 말했다.

"구로키가 주문을 외우는 건, 예를 들면 어떤 때야?"

뽀글머리는 침묵했다. 대신 창 너머 산 저편의, 더욱 먼 곳을 보면서 "곧 도쿄에 가"라고 대답했다.

"그 스크램블 교차점을 보러 가."

"세 번째 곡에 나오는 스크램블 교차점?"

"응. 거기서 소원을 빌고 올 거야. 부모님한테도 말 안 하고 혼자서 가. 당일치기로."

뽀글머리에게는 산 저편의 도쿄가 보이는 모양이었다. 뽀글머리는 즐거운 듯 자신만만한 목소리로 말했다. 얼굴을 보는 게 부끄러울 정도였다.

"무슨 소원?"

"비밀이야. 스가노 소원도 빌어줄까? 인도 친구랑 화해하게 해달라고."

"구와타 게이스케는 악보를 못 읽는다. 구로키는 뭐든지 할 수 있어."

눈물을 닦고 말하자 뽀글머리는 웃으며,

"잠깐 기다려"라는 말을 남기고 교실 쪽으로 달려갔다. 양동이 대신 가방을 들고 오더니,

"그리고 이거. 마침 가방에 있었으니까 빌려줄게"

라며 가방 속에서 사잔 올 스타즈의 앨범을 한 장 꺼내고 연달아 크게 헛기침을 했다.

"제대로 들어본 적 없는 것 같길래."

기뻐서 뽀글머리 무리와 스쳐 지나갈 때 떠오르는 그 BGM의 멜로디를 흥얼거려봤다.

"이 곡 제목이 뭐야?"

그렇게 묻자 겨우 기침이 멈춘 뽀글머리는,

"그런 명곡 제목조차 몰랐다니"

라고 과장되게 놀라며 말했다.

"그것도 다음에 빌려줄게. 그다음은 KK 앨범도 빌려주고."

"응, 고마워."

"얼마 전에 스가노, 내가 KK 아니냐고 했지. ……저기, 진짜 내가 KK라면 어떡할래?"

뽀글머리는 농담인지 진짜인지 모를 톤으로 그런 말을 남

기고 의미심장한 몸놀림으로 나선계단을 뛰어내려갔다. 아니, 아마 농담일 거다. 알고 있는데도 그 세 번째 곡이 스크램블 교차점 영상과 함께 또 반복되기 시작했다. 공책은 펴보지 않고 돌려놨다.

앨범을 빌려줬으니 내일 뽀글머리에게 줘야지. 그럴 계획으로 목캔디 두 봉지를 사서 집으로 왔다. 손도 안 씻고 옷도 갈아입지 않고 방에 틀어박혔다. 컴퓨터로 앨범의 곡을 복사했다. 빨리 듣고 싶었다. 그러면 주문이 더 잘 들을 것 같았다. 뽀글머리와 같은 주문을 가질 수 있다면 스미레와 제대로 마주할 수 있을 것 같았다. 1층에서 엄마가 부르는 소리가 들렸지만 대꾸도 하지 않고 그대로 곡을 틀었다.

헤드폰에서 악보를 못 읽는 구와타 게이스케의 목소리가 들렸다. 연주 기술이나 코드 진행 같은 세세한 부분은 전혀 몰랐다. 하지만 좋다는 것만큼은 바로 알았다. 한순간에 펼쳐진 새하얀 천이 천천히 여름을 감싸는 듯한 노래. 구와타 게이스케는 그 하얀 천을 음으로, 목소리로 물들여 지금까지 본 적 없는 색을 만들어냈다.

악보를 못 읽는다

하지만 뽀글머리가 부르는 멜로디의 색은 점점 바래갔다. 머릿속에서 끝없이 울릴 정도로 근사한 곡이었는데.

구와타 게이스케는 진짜 천재다, 하고 깨달았다.

구와타 게이스케는 악보를 못 읽는다. 구와타 게이스케는 악보를 못 읽는다. 구와타 게이스케는 악보를 못 읽는다. 이제 듣지 않았다. 노을이 비치는 나선계단에서 겨우 들었던 주문은 벌써 힘을 잃어갔다.

구와타 게이스케는 악보를 못 읽는다. 하지만 이렇게나, 압도적으로, 천재이지 않은가. 그런 사람과 자신을 동등하게 생각하고 용기를 얻는다니, 역시 제아무리 뽀글머리라도 조금 지나치게 한가한 소리였다. 악보를 못 읽는다는 건, 천재니까 허용되는 일. 조금씩 뒤틀린 내가 다시 얼굴을 내밀기 시작했다. 트랙이 넘어가며 다른 색깔의 여름이 끝날 때마다 뽀글머리의 세 번째 곡은 더욱 작아졌다.

구와타 게이스케 앞에서는 뽀글머리도 희미해졌다. 절대 뽀글머리가 부족한 게 아닌데 어째서. 자신이 아주 냉정한 인간이 된 듯한 안타까운 이 기분을, 전에도 느낀 적 있다는 사실을 떠올렸다. 스미레의 플루트 발표회에 간 날이었다. 스미레의 연주도, 뽀글머리의 노래에 비하면 대단하지 않다고 생각했었다.

갑자기 뽀글머리와 스미레가 겹쳐 보였다.

아마 두 사람은 누군가와 비교하면 뒤떨어지는 부분이 있는 건 당연하며 어쩔 수 없다는 걸 알고 있지만, 그래도 하고 싶은 걸 하고 있다. 나는 반대였다. 나는 다른 사람보다 뒤떨어지는 걸 너무 무서워해서 내가 뭘 좋아하고 뭘 하고 싶은지에 대해 언제나 모호했다.

헤드폰을 벗었다. 스미레와 이야기하자고 생각했다. 내가 지금 하고 싶은 일은, 스미레와 대화하는 것. 화해하는 것. 불안했던 고등학교 생활이 즐거워진 건 스미레를 좋아하게 됐기 때문이니까.

핸드폰을 들었다. 통화연결음이 열 번 울리자 부재중 전화로 넘어갔다. 다시 한번 다시 한번 반복했다. 몇 번이었을까, 겨우 연결됐을 때 스미레는 나의 "미안해"를 가로막고 받자마자 말했다.

"지금, 가가미한테 좋아한다고 말하고 왔어."

숨이 거칠었다.

"이번에는 라이브하우스에서 대학생 밴드의 오프닝밴드의 오프닝밴드의 오프닝밴드로 또 공연을 한다고 들었는데 그게 아까 끝나서, 좋아한다고 말하고 온 참이야."

"엇, 진짜?"

그만 사과를 잊고 되물었다.

"그런데, 가가미는 나를 그냥 팬이라고 생각한 모양이야. 손을 흔들면서 앞으로도 응원 잘 부탁해, 라고 하더라."

아이돌을 연기하는 그 모습이 쉽게 상상돼서 무심코 웃어버렸다. 스미레도 전화 저편에서 웃음소리를 냈다. 그대로 둘 다 좀처럼 멈추지 못하던 차에 스미레가 먼저 사과했다.

"미안, 나 오기가 생겨서 사과하지 못했어. 오늘도, 나와 다르게 유미는 어떤 애들이든 좋아하고 친해지니까 점점 멀어져버리는 것 같아서."

"아니야, 그건 아니야."

"부끄럽네. 가가미가 너무 좋아서 이렇게 돼버렸다고 생각하니까, 부끄러웠어. 그러니까 가가미에게 좋아한다고 말하고 후련해지면 내가 유미한테 먼저 사과하자고 생각했어."

"나도 스미레한테 이야기하고 싶은 게 잔뜩 있어. 뽀글머리가 주문을 알려줬는데. 사잔 올 스타즈의,"

갑자기 스미레가 내 이야기를 끊고 소리 높여 말했다.

"뽀글머리! 맞다, 있잖아, 아까 공연에서 뽀글머리의 진실도 알았어."

"뽀글머리의 진실? 혹시, 뽀글머리가 진짜로……"

"아무튼, 우리가 올해 여름을 바친 뽀글머리의 전모. 지금 나올 수 있어?"

교복을 입은 채 역까지 자전거 페달을 서서 밟았다. 스미레와 이야기할 수 있어. 뽀글머리의 진실도 알 수 있어. 밤의 공기도 페달도 가벼웠다.

스미레는 자동 개찰구가 하나밖에 없는 작은 역에서 플루트 케이스와 함께 기다리고 있었다.

"유미 집에서 가까운 역, 너무 낡았네."

평소 말투였다.

바닥이 콘크리트인 좁은 대합실에는 우리 말곤 아무도 없었다. 오랜만에 스미레 얼굴을 마주하니 안심이 돼서 또 눈물이 차오르려 했다. 부끄러움을 감추려 "크헤헤헤" 웃고 차가운 플라스틱 의자에 앉자, 스미레도 "크헤헤헤" 하고 웃었다.

악보를 못 읽는다

스미레는 생각난 듯이 재빠르게 녹음기에 연결된 이어폰 한 쪽을 내밀었다.

"아까 공연 녹음했어."

귀를 기울이자 가가미의 사회가 시작되고 있었다. 여전히 맥없는 목소리였지만 라이브하우스의 음향 장비 덕인지 공원에서보다는 훨씬 선명하게 들렸다.

"다음 세 번째 곡이 마지막입니다. 피처링 구로키!"

박수가 드문드문 이어졌다. 함성이 들리긴 했지만 관객은 상당히 적은 모양이었다. 통솔하는 대학생 같은 사람의 재촉하는 목소리에 가가미가 이어서 말했다.

"이 곡은 제가 처음으로 작사 작곡한 곡입니다. 구로키에 대한 리스펙트를 담아서 만들었습니다. 구로키는 제게 자신을 스스로 만들어나가는 방법을 알려줬습니다. 노래를 못하는 저에게 '주문을 외워라'라고. 가사로는 조금 바보 취급했습니다만 구로키는 악보도 못 읽는데 노래도 잘하고 리듬감도 좋으니까 모두 놀라실 겁니다."

그렇게 말한 가가미가 뽀글머리를 불러들였다.

"인사 한마디 해."

가가미의 말에 뽀글머리는,

"안녕하세요, 구로키입니다. 가가미가 저를 주인공으로 곡을 만들었다면서 부탁하길래 이 곡에서만 코러스와 탬버린을 담당하고 있습니다"

라고 명랑하게 말했다. 헛기침을 하고 나서는 작게 중얼거렸다. "음악 같은 거 전혀 관심 없는데 말이죠." 나에게 당당하게 꿈을 이야기했던 뽀글머리와는 다른 사람 같은 목소리. 가가미가 기타를 쳤다.

"들어주세요. 〈악보를 못 읽는다〉."

후렴밖에 들리지 않았던 세 번째 곡을 처음으로 전부 다 들었다.

자연 곱슬로 보이지만 실은 의도적인 파마

얼굴이 언제나 빨갛고 키는 크지 않아

쓸데없이 긍정적 거기에다 악보를 못 읽어

장점 따위 없어

그래도 나는 나에게 마법을 걸면서 달려

노래하고 싶어 로스앤젤레스에서 녹음하는 게 꿈이야

악보를 못 읽는다

언젠가 그 스크램블 교차점에서 밤 아홉 시 마법은 꼭 걸릴 테니까

그 스크램블 교차점에서 언젠가 멈춰 서

아무도 멈추지 않지만 혼자 멈춰 서

그러면 소원이 이뤄진다고 그 사람이 말했으니까

자연 곱슬로 보이지만 실은 거금 들어간 파마

거짓말하면 헛기침 언제나 들켜

웃음소리는 크헤헤 거기에다 악보를 못 읽어

장점 따위 없어

그래도 나는 나에게 마법을 걸면서 살아

노래하고 싶어 언젠가 나만 읽을 수 있는 악보로 노래할 거야

언젠가 그 스크램블 교차점에서 밤 아홉 시 마법은 꼭 걸릴 테니까

그 스크램블 교차점에서 언젠가 멈춰 서

아무도 멈추지 않지만 혼자 멈춰 서

그러면 소원이 이뤄진다고 그 사람이 말했으니까

뽀글머리가 만든 곡이 아니었다. 악보를 읽을 수 있다는 것도 거짓말이었다.

관객의 웃음소리와 야유가 들렸다. "거의 악담이잖아!" "가사 심하다!" "아니, 보컬 목소리도 지독하잖아!"

후렴이 반복됐다. 공원에서 나를 그렇게나 매료했던 뽀글머리의 노랫소리와 탬버린은 몇 년 전 일기를 다시 읽을 때처럼 시큼하고 불안했다. 마음속으로 계속 주문을 외우는 뽀글머리가 보이는 듯했다.

아 그런가, 하고 드디어 깨달았다. 그 주문에는 너무나 당연한 뒷이야기가 있다.

구와타 게이스케는 악보를 못 읽는다, '하지만 천재다'.

뽀글머리도 분명 알고 있다. 그것까지 포함해야 완벽한 주문이 된다는 걸.

구와타 게이스케처럼 천재가 아니라면, 악보를 읽을 수 있어야만 한다. 천재가 아니라면, 악보를 못 읽는다면, 다른 누구에게도 지지 않을 뭔가를 가지고 있어야만 한다. 천재가 아니니까, 보완하기 위해 가장하지 않으면 안 된다. 뽀글머리가 마냥 긍정적인 것이 아니라 이 주문으로 사실 그렇게 되뇌고

악보를 못 읽는다

있었던 거라면. 뽀글머리의 주문이 자신의 약점을 긍정하는 다정하기만 한 주문이 아니었다면.

구와타 게이스케는 악보를 못 읽는다, 하지만 천재다. 구와타 게이스케는 악보를 못 읽는다, 하지만 천재다.

그러니 음표 하나하나를 정성스레 만지고 살펴서, 귀를 기울여서, 파고 들어가서, 뒤흔들어서, 몇 번이라도 같은 일을 질릴 정도로 반복하고 생각해서, 익혀서, 그렇게 노래할 수 있어야만 한다. 천재가 아닌 나는 좋아하는 사람과 함께 있으면 상처받기도 하겠지만 그것을 피하면 앞으로 나아갈 수 없다. 천재가 아니니까 지금은 누군가와 비교하면 뒤떨어져 보이겠지만 그래서 뭐 어떠냐고 웃어넘기고 조금씩이라도 앞으로 나아가야만 한다.

곡이 끝났다. 스미레가 내 귀에서 이어폰을 빼냈다. 플랫폼에 한 량밖에 없는 전철이 도착하고, 또 멀어졌다.

"자연 곱슬이 아니었네."

희뿌연 형광등에서 치직거리는 소리가 들릴 듯할 정도로 조용해진 후 스미레가 말했다.

스미레는, 아마 나도, 스콜이 지나간 것 같은 표정을 짓고 있었다. 가방에는 뽀글머리에게 주려던 목캔디가 그대로 들어 있었다. 그걸 녹여 먹으며 한 번 더 들었다. 지독하게 시큼한 레몬맛이었다.

신 같았던 뽀글머리는 사라졌고 나는 '구와타 게이스케는 악보를 못 읽는다'는 주문을 봉인했다.

뽀글머리가 내게 한 거짓말은 스미레에게 말하지 않았다.

*

뽀글머리 때문이다.

세 번째 곡의 그 멜로디는 역시나 이미 잊어버렸다. 떠올리려고 하면 구와타 게이스케의 목소리가 생각났다. KK의 목소리가 생각났다. 그래도, 여기에 서면 언제나 뽀글머리를 생각하게 된다.

"아직도 도쿄 막 올라온 여자애처럼 그렇게 두리번거리니?"

전광판을 보고 있는데 누군가 작은 목소리로 말을 걸었다. 1년 만에 만나는데 지각을 한 스미레였다. 갑자기 시부야 거리가 줄어들었다.

"안 변했네."

스미레는 그렇게 말하고 웃었다.

그 시절 멀고 먼 장소였던 밤의 스크램블 교차점을 스미레와 건넜다.

기억하지 못하는 그 세 번째 곡이, 이 소란함의 어떤 일부를 이루는 느낌이 들어 모든 소리와 부딪치며 걸었다. 우리는 정말로 나이를 먹었을까. 우리의 가방 속 내용물이 교과서에서 업무 자료로 바뀌어도, 경쾌하게 한 걸음 앞에서 걷는 스미레의 뒷모습은 그때와 같았다. 어른이 되면 쉽게 우는 일은 없을 거라고 생각했다. 하지만 그렇지 않았다. 그래서 나는 울고 싶어질 때 주문을 외운다.

'뽀글머리는 악보를 못 읽는다, 뽀글머리는 악보를 못 읽는다'라고.

뽀글머리의 진실을 알았지만 실망 따위 하지 않았다.

그러기는커녕 곧바로 전철보다 빠르게 달려 그를 찾아낸 다음 뽀글뽀글한 머리카락을 마구 쓰다듬어주고 싶었다. 뽀글머리도 되고 싶은 자신이 되기 위해 거짓말을 하고 주문을 걸며 발버둥 치는 중이라는 걸 깨달았기 때문이었다. 나도 스미레도 가가미도 모두 마찬가지였다.

'뽀글머리는 악보를 못 읽는다'는 '구와타 게이스케는 악보를 못 읽는다'보다도 훨씬 다정하게 다가와 용기를 주는 주문이었다.

아주 좋아하는 사람의 뽀글뽀글한 머리를 마구 쓰다듬는 것 따위 절대 할 수 없던 열여섯 살의 나는, 다시 조용한 관찰자로 돌아갔다. 알아버린 진실에 대해서는 말할 수 없었기에 말을 걸기도 어색했다.

스미레와는 운 좋게 3년간 같은 반이었지만, 뽀글머리와는 2학년 때 다른 반이 되어 마주치는 일도 적어졌다. 걱정되던 같은 학년 관악부원들은 3학년이 되자 착실하게 성장해 무사히 전국 대회에 나갔다. KK의 밴드는 그 전설로부터 수년 후, 음악이 생각만큼 잘 팔리지 않게 됐을 즈음 복면을 벗었다. KK의 밋밋한 용모는 팬들을 상당히 낙담시켰다. 다만 머리카락은 자기 머리카락이었다. 지금은 큰 무대에 서는 일이 거의 없다.

점점 나이를 먹으며 세상일은 정말로 손쉽게 과거로 흘러

간다는 걸 깨달았다. 하지만 구와타 게이스케가 정말로 악보를 못 읽는지는 아직 모른다.

사방팔방에 있는 전광판 영상은 눈이 어지러울 정도로 빠르게 변하며 자꾸자꾸 다른 색이 떨어져내렸다.

자, 이곳은, 그때 바라보던 무대 위다. 괜찮다, 앞으로 행복한 일만 일어날지도 모르니까.

"뽀글머리는 악보를 못 읽는다."

주문을 외우고 한 걸음 한 걸음 앞으로 나아갔다. 악보도 못 읽고 천재도 아니었던 뽀글머리가 자기 자신에게 주문을 걸었던 걸 떠올리면서. 지닐 수 있는 최대한의 힘으로 앞을 바라봤던 걸 떠올리면서.

지독한 마침표

드물게 도쿄에 눈이 쌓인 다음 날, 고다마 씨와 약속이 있었다. 고다마 씨 일정 때문에 밤에 만나기로 했다. 엷은 눈은 낮 동안 완전히 녹아내려서 젖은 길이 반짝거렸다.

쇼코는 면허가 없어서 운전은 자연히 고다마 씨 몫이었다. 수도 고속도로 입구와 가깝다는 시오도메 주차장에서 그의 차에 올라탔다. 깨끗하게 닦인 검은색 4인승 차량으로, 차 안도 렌터카처럼 생활의 흔적이 없었다. 빌딩풍이 없어진 것만으로도 몸이 열을 되찾기 시작했다.

고다마 씨는 이미 맨발이었다. 오후에 반차를 냈을 텐데 정장 차림이었고 뒷좌석 아래에는 벗은 양말과 남색 구두가 가지런히 놓여 있었다.

"준비성 좋으시네요."

그렇게 말하며 조수석에 앉자, 고다마 씨가 곤란한 목소리

지독한 마침표

로 말했다.

"하지만 네가 신은 건 무척 벗기 힘들 것 같네."

이러니까 젊은 여자는 안 돼, 하는 말이 이어질 듯한 말투였다. 쇼코는 코트 안에 무릎 위까지 오는 트위드 치마를 입고 검은 스타킹에 숏 부츠를 신고 있었다. 아무래도 조수석에 앉는 사람도 똑같이 맨발이어야 하는 모양이었다.

"지난번에 말하지 않았던가?"

핸들에 양 팔꿈치를 걸친 고다마 씨는 의아하다는 듯 말했지만, 쇼코는 그런 말을 들은 기억이 절대 없었다.

"스타킹은 안 벗어도 되죠?"

쇼코가 부츠에 손을 대며 물었다.

"사고 가능성이 커져도 된다면야."

고다마 씨는 표정도 안 바꾸고 무서운 소리를 했다. 이 사람은 어디까지가 농담인지 가끔 헷갈린다.

크리스마스가 다가온 거리의 소란함은 멀어졌고 차 안은 무척 조용했다.

고다마 씨와는 1년 전 북쪽으로 가는 신칸센에서 처음 만났다. 쇼코의 옆자리가 고다마 씨였다. 쇼코는 겨울방학이라 고향에 가려고, 고다마 씨는 출장을 가기 위해 신칸센을 탔다.

신칸센 막차 승객 대부분이 센다이역에서 내려서 남은 사람이 몇 없었다. 많은 눈이 쌓인 탓에 몇 번이나 정차해서 도착 시간도 늦어지고 있었다.

쇼코는 도쿄역에서 산 책을 다 읽은 바람에 벌써 몇 번이나 읽은 문고본 소설책을 다시 읽고 있었다. 거의 부적같이 여기는 소설이라 언제나 가방에 넣어 다녔다. 한 단락을 읽은 뒤 어두운 창밖을 내다보고 다시 한 단락을 읽었다. 그걸 계속 반복했다.

빈자리가 많으니까 통로 쪽에 앉은 이 남자가 어디 다른 자리로 가주면 좋을 텐데, 그럼 자리를 더 널찍하게 쓸 수 있을 텐데. 쇼코는 센다이역을 지난 뒤부터 계속 그렇게 생각했지만 남자는 움직일 기미가 없었다. 자신이 다른 자리로 옮길까 했지만 남자가 노트북 키보드를 리드미컬하게 치고 있어서 그걸 방해하는 것 같아 꺼려졌다. 포기하고 문고본으로 시선을 내리고 있었는데 모리오카역을 지났을 즈음 산뜻한 귤 냄새가 났다. 남자가 노트북을 덮고 조금 작은 귤의 껍질을 가만히 까고 있었다.

엉겁결에 조용히 심호흡을 하는데 그가 말을 걸었다. 첫 대사를 떠올릴 수 없는 걸 보면 굉장히 자연스러웠던 것 같다. 처음으로 얼굴을 봤는데 생각보다 젊어서 놀랐다. 쇼코의 시야에는 길이 잘 든 양복밖에 들어오지 않아서 멋대로 40대쯤 되는 직장인일 거라는 생각을 하고 있었다.

그가 귤을 하나 줬다. 열차에 탄 뒤로 아무것도 먹지 않은 쇼코가 배고플 거라 생각한 모양이었다. 색과 냄새에 이끌려 머뭇머뭇 받아들자 그는 쑥스러운 듯 묵례를 하고 자기 몫의 귤을 먹기 시작했다.

텅텅 빈 차내에 생면부지인 둘이 나란히 앉아 귤을 먹는 그림이 왠지 우스웠다. 이 사람은 어딘가 어긋났다고 생각했지만 그게 불쾌하지는 않아서 흥미가 생겼다. 쇼코가 무심결에 웃어버리자 그도 "왜 그러세요?"라면서 웃었다. 쇼코는 그 웃음이 주변 모든 것에 가치를 부여해주는 것 같다고 생각했다.

"센다이 지났을 때부터 빈자리로 가주면 좋을 텐데, 라는 생각을 했어요."

쇼코가 솔직하게 말했다.

"어라, 거의 우리밖에 없군요?"

그가 허리를 들어 주위를 둘러보더니 놀란 듯한 목소리를 냈다.

"미안해요. 노트북만 보고 있었어요."

"아니에요, 귤 고맙습니다."

그는 자기 이름이 고다마이며 신문사에서 일한다고 했다.

"본사는 도쿄에 있고 각 도도부현에 총국이라고 불리는 지사 비슷한 게 있어요."

두 번째 귤의 껍질을 벗긴 그가 설명했다.

"지방면이라고 도도부현마다 다른 기사를 게재하는 면이 있는데, 각 총국에서 기사 본문과 사진 데이터를 받고 도쿄 본사에서 편집 작업을 해요."

고다마 씨는 도쿄 본사 소속으로 쇼코의 고향의 지방면 편집을 담당하는 사람 중 하나라고 했다. 쇼코가 대학교 3학년이고 취업 준비 중이라 신문사에도 지원하고 싶다고 말하자 그는 신문사라는 조직이 어떻게 이뤄져 있는지 알기 쉽게 설명해줬다.

감사의 의미로 고향 특산물과 별로 알려지지 않은 관광지를 알려줬는데 대부분 고다마 씨가 이미 알고 있던 거였다.

"몇 번이나 갔으니까. 제일 좋아하는 데는 그 연못이야."

"역 앞에 있는 연꽃이 많이 핀 곳이요?"

"맞아. 거기 연못을 내려다보듯 고등학교가 있잖아? 그런 학교에 다니고 싶었어."

"요즘 같은 계절에는 얼음이 두껍게 얼어서, 꽉 뭉쳐 단단하게 만든 눈덩이를 힘껏 던져도 금도 안 가요."

고다마 씨는 사투리는 잘 몰랐다. 쇼코가 동네 사람들이 좋아할 만한 간단한 사투리를 가르쳐주자 예상외로 기뻐했다.

쇼코는 고다마 씨가 웃을 때마다 지금 자신이 한 말에 아주 깊은 의미가 있는 듯한 신기한 기분이 들었다. 특히 고다마 씨가 좋아한 말은 '여럽다'였다. 창피할 때 쓰는 단어다.

"여럽다."

고다마 씨는 쇼코의 발음을 외래어처럼 반복하더니 "프랑스어 같다"며 진지하게 감탄했다.

"그건 몰랐네. 사실 내 약혼자가 거기 출신이고 지금도 살고 있는데, 쓰는 걸 들어본 적이 없어."

고다마 씨의 손은 세 번째 귤을 깔지 말지 망설이고 있었다. 쇼코는 이런 식으로 웃는 남자에게 사랑받는 여자를 상상해 보려 했다.

"출장이지만 그분도 만나러 갈 수 있는 거네요."

"맞아. 이번엔 교통비가 경비 처리되는 게 머쓱할 정도야. 물론 업무와 관계없이 개인적으로 만나러 갈 때는 착실히 내 돈을 쓰지만."

고다마 씨는 가방에 세 번째 귤을 넣으며 말했다. 왼손 약지에 심플한 반지가 있었다.

심야의 종착역 플랫폼에 서자 맑은 공기가 느껴졌다. 호흡하지 않아도 공기가 스며드는 느낌. 쇼코는 돌아왔다, 하고 생각했다. 고다마 씨는 헤어질 때, 취업 준비하다 또 물어보고 싶은 게 생기면 연락하라며 명함을 주었다.

고다마 씨는 키가 크지 않았다. 하지만 정장이 엄청나게 잘 어울렸다. 만날 때마다 그가 선택하는 정장이나 옷 매무새에 감동마저 일었다. 시작은 도쿄에 돌아온 뒤 감사 문자를 보낸 쇼코에게 고다마 씨가 밥을 먹자고 하면서였다.

문자에는 '꼭 주고 싶은 게 있어서'라고 적혀 있었다.

처음 만난 곳은 쇼코의 고향이자 고다마 씨 약혼자의 고향 지명을 가게 이름으로 쓰고 있던 향토 요리 전문점이었다. 취업 준비생 시절 많은 신문사와 출판사에 지원했던 고다마 씨는 그때 쓰던 노트 두 권을 빌려줬다. 각 회사의 특색과 이념부터 필진 선정 경향, 폰트 사용 경향, 실제로 면접에서 받은 질문까지 온갖 것을 꼼꼼하게 정리한 노트였다. 글씨는 남자 치고 오밀조밀 너무 작았고 왠지 오른쪽 아래로 기울어지는 특징이 있었다.

"10년 전에 쓴 거라서 도움은 거의 안 될지도 몰라."

고다마 씨는 그렇게 말했지만 출발이 늦은 쇼코에게는 아주 고마운 물건이었다.

"버리려고 해도 왠지 버릴 수가 없더라고. 받아줄 사람이 있어서 다행이야."

고다마 씨는 웃으며 지역 특산 술을 한 모금 마셨다.

본격적으로 취업을 시작하자 고다마 씨의 노트라는 아군이 있는데도 쇼코는 허무하게 면접에서 연이어 탈락했다.

고다마 씨는 합격을 쟁취해낸 대학 친구들에게는 부끄럽거나 분해서 말하지 못하는 추태 하나하나를 웃으며 들어줬다. 그 신기한 웃음은 그럴 때 큰 효과를 발휘했다. 면접관이 질문을 할 때마다 왜 사나 싶을 정도로 이상한 답을 하는 것 같았지만, 고다마 씨가 웃어넘겨주면 자기 말의 의미나 가치, 아무튼 좋은 건 전부 다시 돌아오는 듯한 느낌이었다. 쇼코는 고다마 씨와의 만남이 점점 필요해졌다.

본인에게도 고다마 씨 웃음은 신기하네요, 라고 말한 적이 있었다.

"목소리? 표정? 다른 사람하고 구체적으로 뭐가 다른 거지?"

고다마 씨가 자기 분석을 시작하려고 해서,

"아마 과학이나 논리로는 설명되지 않는 종류의 신기함일 거예요"

라고 말하자 고다마 씨는 쑥스러운 듯 또 신기한 웃음을 지었다.

합격 기미가 전혀 없어도 고다마 씨만은 몰아세우는 말을 하지 않았지만 딱 한 번, 면접에서 오간 말을 들은 뒤 "모든 질문에 너무 정직하게 답하는 것 아닐까"라는 지적을 했다.

"사회에 나가면 거짓말을 잘하는 능력도 필요해. 그래서 적절하고 능숙하게 거짓말하는 소질이 있는지 없는지를 보고 싶어 하는 경우도 있는 것 같아. 내 추측이지만."

이후로는 면접 전이든 면접 중이든 말문이 막혔을 때나 초조할 때, 도망치고 싶어질 때면 마음속으로 고다마 씨의 이름을 불렀다. 그러면 신기하게도 자기 안에 없었던 말의 조각이 나타나는 느낌이 들었고, 지금이 거짓말을 해야 하는 때인지 진실을 말해야 하는 때인지 어렴풋이 깨닫기도 했다.

"여럽 양."

언제부턴가 고다마 씨는 허락도 없이 쇼코를 그렇게 불렀다. 친해지자 '양'이 사라졌고 아주 가끔 '짱'이 붙곤 했다. 고다마 씨가 아무리 외래어처럼 발음해도 쇼코에게 그 말은 부끄러움을 나타내는 말로만 들렸다.

"그렇게 부르는 거 별로 안 좋은 것 같아요."

솔직하게, 그러면서도 부드럽게 말했지만 고다마 씨는 그만두지 않았다.

"분위기랑 딱 맞는 어감이야. 목이 보이는 단발 느낌이라든지 엄청 여럽 양 같아."

청찬이라는 생각은 전혀 들지 않았다.

그사이 같은 영미문학과의 지카코가 고다마 씨와는 다른 신문사에 합격했다.

지카코는 고등학생 때 유학을 다녀와서 영어를 잘했다. 글라이더부라서 휴일에는 하늘을 날 때가 많았고 1년 내내 피부가 그을려 있었다. 쇼코는 유치원 아이들에게 그림책을 읽어주는 봉사활동 동아리에는 거의 얼굴을 비추지 않고 서점 아르바이트에만 열성을 다해서 – 특히 매장 뒤 창고에서 하는 반품 작업을 좋아했다 – 친구도 많지 않았지만 왠지 지카코와는 마음이 잘 맞았다.

지카코는 종종 수업을 빼먹고 홋카이도나 규슈의 활공장에 '날러' 가기도 해서 쇼코가 자주 필기를 보여줬다. 항상 같이 다니진 않았지만 '비틀즈 가사 번역 연구회'라는 동아리에 공통된 친구가 있어서 1년에 몇 번 열리는 그 동아리의 소규모 연주회에 함께 갔고, 가끔은 둘이서 밥을 먹으러 가기도 했다.

지카코는 1학년 때부터 글라이더부 남자 동기와 사귀고 있었다. 학교 식당 구석 자리에 있는 둘을 자주 봤다. 피부 톤이 비슷해서 쌍둥이 같았다.

"글라이더부에 여자가 적으니까 나 같은 애도 좋아 보였던 거야."

지카코는 종종 부끄러움을 감추는 듯한 말투로 그렇게 말했다.

지카코의 합격 축하를 할 겸 간 스페인 음식점에서 남자친구가 다른 여자를 좋아하게 돼서 헤어졌다는 얘기를 들었다. 합숙을 하며 몇 번 만났던 다른 대학의 1학년 부원이 그에게 고백했고 그는 그녀를 선택했다고 했다. 지카코는 파에야 그릇에 남은 누룽지를 숟가락으로 드르륵 긁으며 담담하게 말했다.

"어쩔 수 없다고 할 수밖에. 다른 아이가 좋아졌다잖아. 나와 정반대로 부드러운 머리카락이 길고 가녀린 애야. 걔는 아무리 밖에 있어도 피부가 안 타더라. 하지만 뭐, 이런 얘기 흔하잖아."

지카코가 웃어넘기며 말했다.

"나는 그렇게 상심하지 않았어. 쇼코는 누구 없어? 그 아르

바이트하는 곳에 있던 답 없는 재수생 이후로는?"

"연애는 아닌데."

그런 말을 꺼낸 뒤 고다마 씨에 대해 이야기했다. 여럽 양이라고 불린다는 것도.

"한번 만나게 해줘. 내가 봐줄게, 쇼코한테 어울리는 사람인지 아닌지."

"그런 거 아니야. 고다마 씨 약혼도 했어."

"그게 뭐야, 그냥 이상한 사람이잖아. 애초에 신칸센에서 여대생한테 귤을 주다니 뭔가 꺼림칙해."

지카코는 숟가락으로 더 크게 박박 소리를 냈다.

여름이 끝날 즈음 쇼코는 지카코와 함께 고다마 씨를 만났다. 지카코가 신문사에서 일할 때의 마음가짐에 대해 듣고 싶어 한다는 구실을 댔다.

지카코는 연장자를 대하는 태도에도 빈틈이 없었다. 좋은 타이밍에 적절한 질문을 던졌고 자기 실수담도 섞어가며 부드러운 분위기를 유지했다.

"어느 출판사 필기시험에서 '점과 동그라미, 어느 쪽이 마침표고 어느 쪽이 쉼표인가(일본에서 마침표는 [。], 쉼표는 [、]로 표기한다 - 옮긴이)'라는 문제가 나온 거예요. 저는 늘 헷갈리거든요. 결국 틀렸어요. 이러고 신문사 합격한 게 기적이죠?"

"나도 비슷해. 암기해야 하는 건 거의 다 말장난을 이용해서 외웠거든. 어디 보자, 마침표와 쉼표라면…… 쉼표가 점이니까 '점박이'로 외우는 게 어때?"

고다마 씨는 조금 득의양양하게 가르쳐줬다.

"내 핸드폰 번호 끝 네 자리는 거의 헤이주드야. 팔, 일, 십, 오."(각 숫자가 일본어로 하치, 이치, 주, 고로 읽히는 것을 이용한 언어유희 - 옮긴이)

쇼코와 지카코가 비틀즈 가사 번역 연구회 공연에 간다고 했을 때는 그런 말장난을 했다.

"정확히 말하면 하이주고죠." 지카코가 예리하게 말했다.

"너무 억지잖아요." 쇼코가 말했다.

그 후 지카코가 갑자기 고다마 씨의 반지를 보면서,

"결혼하셨어요?"

라고 물었다.

고다마 씨는

"응. 바로 지난주에 혼인신고도 했어. 아내는 아직 도쿄에 못 오지만"

이라고, 말장난을 할 때와 같은 톤으로 대답했다.

"정말요?"

쇼코는 웃는 얼굴 그대로 놀라움을 표현하며 지카코와 입을 모아 축하드려요, 하고 말했다.

"조지 해리슨이랑 닮았어. 정장도 잘 어울리고."

돌아가는 길에 지카코는 그런 감상을 뱉었다.

"하지만 조심해. 저 사람, 별로 좋지 못한 방향으로 어긋난 어른이니까."

연내 취업을 거의 단념하고 있을 때, 쇼코는 가을 채용에서 도쿄의 작은 출판사에 합격했다. 수년 전 자기계발서 한 권이 크게 히트해서 그럭저럭 알려지게 된 회사였다. 고다마 씨에게 보고 겸 감사 전화를 하자 매우 기뻐해줬다.

"최종 면접 때도 마음속으로 몇 번이고 고다마 씨, 고다마 씨, 고다마 씨라고 외운 덕에 잘됐어요"

라고 고백하자 고다마 씨는 "일종의 만트라구나" 하며 말하곤 만트라가 무엇인지에 대해 펼쳐놨다.

고다마 씨가 바쁜 탓에 좀처럼 시간이 맞지 않아 다음으로 만났을 때는 겨울이 시작된 후였다.

장소는 고다마 씨 직장 근처에 있는 소바집이었다. 개별 룸에 늦게 도착한 고다마 씨는 전보다 조금 홀쭉해진 얼굴로 "먹고 다시 회사 들어가야 해"라고 말했다.

"제대로 된 축하는 다음에 느긋하게 하자"라며 술을 못 마시는 걸 미안해했다. 그래도 식사가 끝난 뒤 취업 선물이라며 5천엔짜리 도서상품권과 망에 든 열 개 정도의 귤을 줬다.

"고다마 씨다운 선물이라 아주 좋아요."

쇼코가 고마운 마음을 담아 그렇게 말했다.

"미안. 진짜 미안. 여자 취업 선물은 정말 모르겠더라고. 액세서리는 애인 같고, 시계는 너무 과하고, 매일 갖고 다니는 명함 지갑은 취향에 맞아야 할 거고, 손수건도 아니다 싶고. 처음에 만났을 때 귤을 맛있게 먹길래."

고다마 씨는 생각보다 더 부끄러워했다. 지금까지 술을 얼마나 마시든 얼굴색이 변하지 않았는데 이때는 얼굴이 새빨개졌다.

"이럴 때 여럽다고 하는 거예요."

기회를 놓치지 않고 말했더니 고다마 씨는 빨개진 얼굴 그대로 "여럽다"를 반복해 내뱉더니 "처음으로 원래 용법대로 썼네"라며 웃었다.

　쇼코는 고다마 씨가 발음하는 그 단어를 더 듣고 싶었다.

　"고다마 씨도 부끄러워할 때가 있네요."

　그렇게 말하자 고다마 씨는 "그거야 아주 많지"라면서 부끄러웠던 추억을 줄줄이 늘어놨다.

　피아노를 칠 줄 아는 척했던 유치원 시절 이야기, 조용한 도서관에서 잠꼬대한 이야기.

　"그리고 난 수도 고속도로를 지날 때 반드시 양말을 벗어야 하는데, 그걸 드라이브 전날에 고백할 때도 엄청 부끄러웠지. 지금 아내와 첫 데이트였는데."

　아마도 웃어야 할 타이밍이었겠지만 질문이 먼저 튀어나왔다.

　"왜 수도 고속도로는 맨발로 운전해야 하는데요?"

　"그냥 기분 문제야. 예를 들면 옷을 입은 채로 욕조에 들어가는 건 기분 나쁘잖아? 그거랑 비슷한 감각이야."

　"욕조랑 수도 고속도로는 다르잖아요."

"맨발이 아니면 사고를 낼 것 같아서 불안해져. 이유는 모르겠지만 본능적으로. 초등학교 운동회에서 맨발로 달리는 남자애 없었어? 나는 맨발로 달리는 타입이었는데 그런 것도 상관있으려나. 아무튼 수도 고속도로는 맨발, 이라는 게 반쯤 징크스 비슷한 게 됐어. 다른 고속도로는 맨발이 아니어도 괜찮지만."

정신을 차려보니 쇼코는 고다마 씨의 오른손을 잡고 취업 선물은 드라이브가 좋아요, 다음에는 드라이브 가요, 하며 조르고 있었다.

"수도 고속도로를 달려요."

처음으로 고다마 씨와 몸이 닿았다. 신칸센에서도 느꼈지만 쇼코는 역시 고다마 씨의 어긋남이 아주 좋았다.

고다마 씨는 "그렇게나 부탁한다면" 하고 승낙했다.

"네가 그렇게 즐거운 듯한 목소리를 내는 건 보기 드무니까"라고도 말했다. 쇼코는 '나는 고다마 씨와 있을 때 언제나 즐거웠을 텐데'라고 생각했다.

아무튼 두 사람은 이렇게 맨발의 수도 고속도로를 약속했다. 쇼코는 지카코에게 드라이브에 대해 말하지 않았다.

*

　운전석에 앉은 고다마 씨는 "다 벗으면 말해줘"라고 한 뒤 눈을 감았다. 눈 위에 착실히 손까지 얹고는 움직이지도 않았다.

　쇼코는 속옷을 벗는 것도 아니니까, 라고 생각하며 마음을 고쳐먹었다. 가만히 숏 부츠를 벗고 이어서 치마 밑으로 양손을 넣은 다음 허리를 들고 스타킹에 손가락을 걸었다. 문득, 아슬아슬한 선 위에 서 있는 느낌이 들었다. 하지만 대체 무슨 선일까. 그런 게 아니야, 맨발이 되는 것뿐인데 의식하는 게 이상해. 그렇게 부정하며 벗었다. 스타킹이 다리를 미끄러져 내려가자 몸이 단번에 가벼워졌다. 오래된 피부를 한 겹 벗겨낸 듯 다리가 개운해지고 차가운 공기가 찰랑이며 스며들었다. 생각보다 더 추위가 느껴져서, 아무도 없는 가을 바다에 들어가기 직전처럼 몹시 불안해졌지만 허물 같은 스타킹을 한 번 움켜쥔 후 가방에 넣었다.

　"벗었어요."

　고다마 씨는 눈을 뜨고 몸을 조금 굽혀 쇼코의 발끝을 봤다.

　여름 동안 발랐던 새빨간 페디큐어가 완전히 사라진 발톱.

거기서부터 종아리, 무릎, 허벅지까지 단번에 보았다.

흰 맨발에 닿은 시선은 정말 한순간이었다. 하지만 그때 쇼코는 뭔가 이상해졌다는 걸 확실히 알았다. 나도 고다마 씨도 어딘가 이상해졌다고. 그걸 확인하려 고다마 씨 눈을 봤지만 그는 아무것도 눈치채지 못한 얼굴로 "안전벨트"라고 말하더니 조용히 액셀을 밟았다.

맨발의 드라이브가 시작됐다. 도쿄에서 자동차를 타는 일이 거의 없는 쇼코는 어디부터가 고속도로였는지도 잘 몰랐지만 조금 달리자 고다마 씨는 "여기가 도심 환상선(도쿄 시내를 순환하는 고가도로―옮긴이)"이라고 말했다.

"……그러니까, 수도 고속도로에 들어온 거네요."

"그래. 도쿄를 빙글빙글 돌 수 있어."

"저도 빙글빙글 도는 물체는 좋아해요. 야마노테선 같은 거. 그리고 코인빨래방 건조기나, 햄스터가 돌리는 그거라든가. 계속 보고 있을 수 있어요."

맨발이라는 걸 의식하지 않으려고 급히 말을 쏟아냈다.

"고다마 씨는 관람차 좋아해요?"

"고르라면 회전목마. 높은 곳은 별로 안 좋아해."

앞쪽에는 도쿄만이 있었다. 멀리 조명이 켜진 다리가 보이나 싶더니 오른쪽의 도쿄타워가 머리만 내밀고 잠시 사라졌다가 곧바로 전신을 드러냈다. 구름이 낮게 깔려 타워 주변의 하늘까지 붉었다. 이런 풍경에 무심코 숨을 삼킬 때, 쇼코는 아직 도쿄가 익숙하지 않구나 싶어 초조해졌다.

도로는 비교적 한산했다. 택시. 경차. 외제차. 몇 대나 추월해가길래 고다마 씨가 그다지 속도를 내지 않고 있다는 걸 깨달았다. 규정 속도에 맞춘 안전 운전. 그래도 쇼코의 몸에는 맹렬한 속도였다. 온갖 것을 떨쳐내고 있는 것 같아 점점 더 막막한 기분이 들었다.

도중에 터널에 진입했다. 짙은 크림색 타일로 덮인 양쪽 벽은 영원히 이어질 것 같아서 그곳을 빠져나간 뒤에는 더 불안해졌다. 입고 있는 게 분명한 코트도 스웨터도 트위드 치마도, 그 안의 속옷도 미덥지 않았다.

맨발이 아니면 수도 고속도로를 달릴 수 없다. 고다마 씨가 왜 그렇게 말했는지 조금씩 이해되기 시작했다.

쇼코는 "저도 이제 맨발이 아니면 안 될지도 몰라요"라고 말하고 싶었다.

음악도 라디오도 틀지 않고 그저 하염없이 달렸다. 고다마 씨는 앞만 보고 있었고 쇼코는 창밖만 봤다. 고층 빌딩의 불빛이 너무 많아서, 멀리 있는 관람차가 커다래서 초조해졌다.

처음에는 지명이나 보이는 건물을 설명해주던 고다마 씨가 서서히 말을 하지 않게 됐다. 차 안에서는 콘크리트와 마찰하는 타이어 소리만 들렸다. 지금 어디쯤 달리고 있는 걸까. 녹색 안내판은 친절하게 현재 장소를 계속 알려줬지만 한순간에 머리 위를 통과해버리는 것을 믿어도 되는 걸까. 그것조차 알 수 없었다.

히터는 꺼져 있었다. 창도 닫혀 있었다. 그런데도 차가운 바람이 다리와 다리 사이를 비집고 들어오려 한다는 착각이 들었다. 쇼코는 힘주어 양 무릎을 붙였다. 그러지 않으면 점점 더 이상해질 것 같았다.

말은 할 수 없었다. 지금 말을 하면 평소와 다른 목소리가 나올 게 분명했다.

쇼코는 과감히 고다마 씨 쪽을 봤다. 고다마 씨의 맨 발부리는 브레이크와 액셀 쪽에 있어 쇼코에게는 보이지 않았다. 오늘도 무척 잘 어울렸던 재킷은 수도 고속도로에 들어오기 전에 벗었고 흰 셔츠 소매는 팔꿈치까지 걷어올렸다. 핸들을 잡은 왼손에는 반지가 제대로 있었다. 부러질 것 같은 가는 선이, 거리의 네온사인과 조명을 비추는 것 같아서 얼른 시선을 돌렸다.

시계를 봤다. 서로 아무 말도 하지 않은 채 상당한 시간이 흘러 있었다. 환상선이라는 이름대로 같은 곳을 돌고 있겠지. 조금 전에도 봤던 풍경과 빌딩이 몇 번이고 다시 나타났다.

도쿄타워는 물론이고 빨간 페인트로 그려진 불독 로고의 소스 간판을 내건 빌딩이 환상선에 서넛이나 있을 리 없었다. 고다마 씨는 쇼코에게 아무 말도 하지 않고 벌써 몇 바퀴째 돌고 있는 모양이었다.

쇼코는 지카코의 말을 떠올렸다. 바람의 힘으로만 나는 글라이더는 상승 기류를 발견하면 그걸 놓치지 않으려 선회한다. 지평선에 비끼도록 하늘에 몇 번이고 원을 그리며 고도를 높여간다고 했다.

하지만 지금, 나는 도쿄에 원을 그리면서 고다마 씨와 낙하하고 있다. 소리도 없이 천천히 떨어지고 있다. 중간에 그만두는 방법은 몰랐다. 우리는 구름보다 높은 곳에 있으니 지면이 보일 때까지 조금 더 시간이 걸리겠지만 그저 몸을 맡기는 수밖에 없다고 단념하듯 생각했다.

흘러가는 거리가 자잘한 빛줄기가 돼갔다. 완만한 내리막길을 달리듯 속도가 계속 올라가는 느낌이었다. 양 무릎에 힘이 풀려서 지나치게 차가운 바람이 결국 다리와 다리 사이로 도착했다. 나는 지금, 무슨 말을 하면 좋을까. 쇼코는 둔해진 머리로 생각했다.

너무 속도 내는 거 아니에요? 라디오 켤까요? 잡지에서 드라이브할 때는 제이웨이브 채널이 좋다고 하더라고요. 크리스마스 캐럴이 나올지도 몰라요. 춥다, 추워요. 히터 틀어도 돼요? 우리 어디로 가고 있나요?

모두 아니었다. 마음속으로 고다마 씨, 하고 불렀다. 드디어 해야 할 말을 알았다.

"죄송해요, 저 멀미하는 것 같아요."

예상대로 평소와 꽤 다른 목소리였다. 쇼코가 아닌 다른 여자의 목소리로 손쉽게 거짓말을 했다. 고다마 씨는 미간의 힘을 조금 푼 듯한 표정이 되었지만, 곧 평소 표정으로 돌아와 침묵을 유지했다. 그러는 동안에도 끝없이 내리막길을 달렸다.

틀렸을지도 몰랐다. 또 빨간 불독이 와버리겠지.

"그럼 빠져나가서 잠깐 쉴까."

드디어 고다마 씨가 입을 뗐다. 고다마 씨 목소리도 평소와 달랐다.

스타킹을 벗었을 때. 그때부터 전부 벗은 거나 다름없었다. 쇼코는 고개를 끄덕였다.

어릴 때 무서운 꿈을 자주 꿨다. 꿈속에서 이건 꿈일지도 모른다고 깨달을 때도 있었다. 그럴 때는 스스로 있는 힘껏 뺨을 때리거나 꼬집었다. 꿈이라는 확신이 들면 높은 곳에 올라가 뛰어내리는 걸로 꿈에서 깨려 했다. 초등학생 때였나, 커다란 거미에 가로막혀 집에 가지 못하는 꿈에서 평소와 같은 방법으로 깨어나보니 뺨이 빨갰던 적이 있다. 걱정하는 엄마에게 꿈에서 있었던 일을 설명하자 엄마가 알려줬다. 아픔으로 확인하지 말고 태양이나 달을 찾으렴. 꿈에는 태양이 두 개 있거나 달이 서너 개 있단다.

쇼코는 창에 이마를 대고 식히는 척하며 하늘을 봤다. 달은 하나도 없었다.

수도 고속도로를 빠져나왔다. 고다마 씨가 절대로 입에 담고 싶지 않은 이름의 호텔을 발견했다. 주차장에서부터 고다마 씨는 맨발에 구두를, 쇼코는 맨발에 숏 부츠를 꿰고 걸었다. 신발 바닥이 딱딱하고 싸늘했다. 어느샌가 손을 잡고 있었다. 쇼코는 오른손으로, 고다마 씨는 왼손으로. 손을 잡아버리면 보이지 않게 되는 것이 잔뜩 있었다.

고다마 씨의 혀는 쇼코의 몸 어느 부분보다도 열이 높았다. 방에 들어가자 이미 그렇게 돼 있었다. 멀미가 진짜였는지 확인하지도 않았다.

자신이 이런 일을 할 수 있는 인간이라고 생각하지 않았다. 이런 상황이 된 지금도 그렇게 생각하지 않았다. 그러면 이건 뭘까. 쇼코는 언제부터 잘못된 건지 하나씩 되짚어보며 옷을 벗었다. 안 된다, 안 된다고 생각했지만 차 안에서 스타킹을 벗었을 때보다 거부감이 없었다. 고다마 씨는 스스로 벗었다. 천이 사각거리는 소리가 더욱 이상한 느낌을 줬다. 어디가 어떻길래 정장이 잘 어울리는지는 내용물을 봐도 알 수 없었다.

직전이었다. 쇼코를 내려다보던 고다마 씨가 반지를 빼서 침대 옆 협탁에 잘그락 소리를 내며 내려놓았다. 그건, 여기에서 현실은 끝입니다, 라고 알려주는 신호거나 여기서부터는 무엇이든 허용되는 꿈의 세계입니다, 라고 전환하는 마법 같은 동작이었다. 고다마 씨는 몸에서 빼낸 반지를 보며 농담조로 말했다.

"이건 그냥 동그라미니까. 현실에 찍는 동그라미."

쇼코보다 열 살은 많은데도 서투르게 부끄러움을 감추는 소년 같은 말투였다.

이중 동그라미나 동그라미표 따위가 먼저 떠올라 '현실에 찍는 동그라미'라는 말의 의미를 알 수 없었다. 하지만 고다마 씨와 자신 사이의 틈이 없어진 순간 이해했다. 문장과 문장을 구분하는 그 동그라미다. 점박이, 가 아닌 쪽.

도중에 쇼코가 위로 올라갔다. 조금 전 고다마 씨 시야로 보니 더 놀랐다. 협탁에 놓인 반지는 정말로 동그라미였다.

반지라는 물건은 손에서 빼면 아무 의미가 없어진다. 그저 작고 작은 마침표.

"어디 보는 거야."

고다마 씨가 갑자기 움직임을 멈춘 쇼코에게 손을 얹으며 물어서,

지독한 마침표

"동그라미를 보고 있어요"

라고 대답했다. 왠지 슬픈 목소리가 나와 그만 울음이 터질 듯했다. 자신이 뭘 슬퍼하는 건지 정리해보고 싶었지만 고다마 씨는 그렇게 두지 않았다. 그는 고개를 옆으로 돌려 눈을 찡그리고 협탁 쪽을 봤다.

"동그라미 따위 어디에도 없어."

그 후 쇼코, 하고 이름을 제대로 불렀다.

"쇼코, 마침표는 어디에도 없어."

고다마 씨는 진지한 얼굴로 말했다. 지금 쇼코에게 보이는 마침표는, 수도 고속도로든 빨간 불독이든 맨발이든 혼란이 보여주는 환상 같은 거라는 생각이 들 정도로 노련한 거짓말이었다.

쇼코가 계속 동그라미를 보고 있자 고다마 씨는 커다란 손으로 쇼코의 머리를 부드럽게 끌어당겼다. 시야 끄트머리에서 동그라미가 사라지자 쇼코는 눈을 감았다. 고다마 씨 목에서는 조금 전까지 있던 차 안과 같은 냄새가 났다.

고다마 씨는 다정했다. 고다마 씨의 리듬은 고다마 씨답게 어긋나 있었다. 쇼코는 역시 그 점이 무척 좋다고 생각했다.

끝나지 않기를. 또는 끝났을 때 동그라미가 정말로 사라지고 없기를.

하지만 이게 끝난 뒤 기적 같은 건 절대 일어나지 않는다. 끝난 뒤에 일어나는 건 대체로 슬픈 일. 고다마 씨는 쇼코에게 그걸 가르쳐주듯 바로 조금 전에 '없다'고 말했던 동그라미를, 옷을 입기도 전에 왼손 약지에 돌려났다. 그저 작고 작은 마침표는 순식간에 많은 의미를 품은 백금 반지로 변했다.

뭐든 허용되는 시간이 끝났다. 많은 질문을 할 기회를 놓쳤다는 걸 깨달았다. 지금은 아무것도 물을 수 없었다.

"새해에는 아내가 드디어 도쿄로 이사를 와. 그래서 요즘 바쁘고."

고다마 씨는 평소와 같은 목소리로 말했다. 지금 이런 말을 하는 건 그의 상냥함이자 어긋난 점이기도 했다.

"다음에 만날 때는 따뜻한 거 먹으러 가자. 더 제대로 축하해야지."

고다마 씨는 수도 고속도로에 들어가기 전으로 돌아간 것처럼 말했다.

쇼코는 하기 전보다 더욱더 엉망이었다. 같이 낙하한 거 아니었나. 처음으로 방 안을 제대로 봤다. 구석구석까지 호텔의 이름에 걸맞은 슬픈 모양새였다. 침대 위 시트도 베개도. 그런가, 나 혼자서 떨어진 건가.

고다마 씨는 완전히 평소와 같은 얼굴로 위에서부터 차례로 단추를 잠그고 있었다. 고다마 씨, 고다마 씨, 고다마 씨. 쇼코는 마음속으로 외운 후 힘을 주어 거짓말을 했다.

"처음으로 좋아하지 않는 사람과 한 걸지도 모르겠어요."

고다마 씨는 왠지 상처받은 듯한 표정을 지었다. 뭔가를 말하려다 그만두고 오른손으로 쇼코의 머리를 쓰다듬었다.

"고다마 씨는 지금 좋아하지 않는 사람과, 한 거죠?"

그렇게 물어보고 싶어졌지만 참았다.

쇼코는 혼자 집에 가는 길에 고다마 씨 번호를 삭제했다. 거짓말을 너무 많이 했다고 생각했다.

비틀즈 가사 번역 연구회가 매년 하는 크리스마스 공연은 대학 근처 라이브하우스에서 열렸다. 앙콜곡인 〈헤이 주드〉가 좀처럼 끝나지 않는 것도 예년대로라, 흥겨운 후주가 끝없이 울렸다. 지카코가 재보니 올해는 12분간 이어져 작년 기록을 1분 갱신했다.

"작년에도 재작년에도 그 전에도, 이 공연이 끝나고 남자친구를 만났어."

돌아가는 길, 육교 계단을 다 올랐을 즈음 지카코가 말했다. 지카코 등 뒤에는 대학의 명물인 키 큰 크리스마스트리 불빛이 보였다. 쇼코는 그 트리를 향해 급히 달려가던 1년 전 지카코의 뒷모습을 떠올렸다.

"공연 전에 문자 해봤어. 역시 답장은 안 오네. 알고 있었지만."

그렇게 말한 지카코는 비행기 모양 스트랩이 달린 핸드폰을 흔들었다.

"어쩔 수 없는 일이라도, 흔해빠진 일이라도 눈앞에 닥치면 슬프다는 걸 깨달았어. 이런 당연한 일도 당사자가 되지 않으면 모르는데, 신문 기자로서 잘해낼 수 있을까? 있잖아, 슬픈 노래를 기쁜 노래로 바꾸려면 어떻게 해야 하는 걸까?"

지카코는 밑에서 달리는 차들에 지지 않을 정도로 큰 소리로 말하며 웃음을 지어 보였다.

"걔가 보는 눈이 없어. 너네처럼 잘 어울리는 커플은 못 봤는데."

"결혼한 조지 해리슨 쪽은 어때?"

지카코는 한 번 더 웃은 후 쇼코 이야기로 말을 돌렸다.

"맨발로 수도 고속도로를 달렸어."

"무슨 소리야?"

"엄청 무서웠어. 이제 다시는 안 해."

쇼코도 지카코처럼 웃어보려 했지만 할 수 없었다.

애초에 깨닫지 못한 척했으니 잊기도 쉬워야 할 텐데, 침대 협탁 위 작은 동그라미는 쇼코의 머릿속에서 사라지지 않았고 그날 밤부터 계속 고다마 씨가 나오는 꿈을 꿨다.

처음에는 고다마 씨의 왼손 손가락이 전부 떨어지는 꿈이었다. 쇼코가 잡아당기자 저항도 없이 떨어져 사라졌다. 꿈이라 피는 나지 않았다. 단면은 말끔했고 쓸데없는 부분이 제거된 듯 손바닥만 남았다. 고다마 씨는 그 손으로 머리를 쓰다듬었고 "이런 일까지 당했으니 이제는 어쩔 수 없네"라며 웃었다. 반지 역시 흔적도 없이 사라졌다.

어젯밤에는 왼쪽 어깨부터 아래가 전부 없는 고다마 씨가 쇼코를 안으려 하며 "네가 빼앗았으니까"라고 유령처럼 말했다. 쇼코는 땅에 떨어져 있던, 반지가 끼워진 왼손 약지만 들고 달려서 도망쳤다. 어느샌가 도심 환상선을, 불독 간판 밑을 맨발로 혼자서 달리고 있었다. 고가도로 위에서 약지를 멀리 던졌다. 태양도 달도 찾아보지 않았다.

〈헤이 주드〉를 온몸에 적신 쇼코는 지카코와 함께 커플만 가득한 카페에 들어가 케이크를 먹었다. 무서운 꿈 이야기 따위는 물론 하지 않고 공연 감상만 잔뜩 나눴지만 지카코는 헤어질 때,

"정말로 조심해. 그 사람은 꼭"

이라고 진지한 얼굴로 말했다. 그러곤 곧 평소 모습으로 돌아와 "나도 다음에 맨발로 글라이더를 조종해볼까"라고 중얼거렸다.

집에 와서 뜨거운 물로 샤워를 한 뒤였다. 핸드폰이 울렸다. 연락처는 삭제했지만 끝 번호 네 자리를 보고 바로 고다마 씨라는 걸 알았다. 벨소리가 울리는 동안 주저하다 창을 활짝 열어놓고 전화를 받았다.

고다마 씨는 "메리 크리스마스"라고 말한 뒤 침묵했다.

쇼코도 아무 말 하지 않자 "일이 지금 끝났어"라고 말했다.

지독한 마침표

물어볼 것도 없이 손가락은 무사한 모양이었다. 고다마 씨는 "잘 지내나 해서"라는 말을 덧붙이고 다시 입을 다물었다. 바람이 불자 어두운 방 안으로 단번에 추위가 들어왔다.

이 침묵은 수도 고속도로의 밤의 침묵과 닮았다. 시작하기 전에만 있는 기적을 불러오는 침묵이었다.

"고다마 씨 왼손을 빼앗는 꿈을 꿨어요."

쇼코는 되도록 즐겁다는 듯 말하려 했지만 기묘한 느낌이 강해져 잘못 말했다고 생각했다. 그런데 고다마 씨가 웃었다. 평소와 같은 웃음이었다. 며칠 동안 이어진 꿈에 대해 간단히 설명하자 "오호라"나 "흐음"이나 "재밌네"라 말하며 들어주었다. 너무 태평한 목소리라,

"제가 이대로 고다마 씨 왼손 약지와 반지가 사라지게 해달라고 빌면 진짜 이뤄질지도 몰라요"

라고 더 무서운 소리를 해봤다.

"그런 소원을 비는 사람이 아니잖아?"

고다마 씨는 주저하지 않고 웃음 섞인 목소리로 말했다.

"그러고 보니 사고로 팔이나 다리를 잃으면 그 부분만 화장을 하지."

이런 때도 고다마 씨는 상식을 늘어놨다. 쇼코가 아무 말도 하지 않자 고다마 씨는 또 침묵했다.

쇼코는 눈을 감고 고다마 씨의 왼손 약지를 화장하는 자리에 있는 걸 상상했다.

내가 있고, 손가락을 잃은 고다마 씨가 있고, 본 적 없는 고다마 씨의 아내도 있다. 왜인지 고다마 씨의 아이도 있다. 작은 상자에 든 손가락이 화장로 속으로 빨려들어가는 걸 지켜본 뒤 코트를 걸치고 다같이 밖으로 나간다. 누구도 말을 하지 않고 불길한 색의 긴 굴뚝 끝을 쳐다본다. 올라간 연기는 하얀 하늘로 녹아든다. 고다마 씨도 고다마 씨의 아내도 얼굴의 온갖 근육에 힘을 주고 그 광경을 보고 있다. 아직 아무것도 모르는 아이는 높은 목소리를 내며 두 사람 주변을 돌아다닌다. 나는 아마도 웃고 있다. 타지 않은 손가락뼈를 다같이 줍는다. 나는 검게 그을린 반지를 몰래 주워 아무에게도 들키지 않도록 코트 주머니에 숨기고…….

거기까지 상상하고 겨우 깨달았다. 이건 내가 끝내야 한다.

더 완벽한 동그라미가 필요하다. 여기에서 끝입니다, 이 뒤는 없습니다. 저자 후기도 해설도 외전도 아무것도 없습니다.

지독한 마침표

탁 덮기만 하면 이 세계는 전부 끝입니다, 라고 딱 잘라 고해 주는 완벽한 마침표. 생각나는 방법은 하나밖에 없었다.

"고다마 씨, 드라이브 가요."

쇼코가 말했다.

"지금?"

"네, 지금. 지난번과 같은 곳을 달려요. 이번에는 반대로."

"……길이 막혀서 시간 좀 걸릴 텐데 괜찮아? 어쨌든 데리러 갈게. 주소는?"

전화를 끊은 쇼코는 다시 세수를 하고 그때와 같은 옷을 골랐다. 근처에 도착했다는 문자를 받고 나가자 지난번과는 또 다른, 잘 재단된 정장을 입은 고다마 씨가 기다리고 있었다.

"아까 일기예보에서 또 눈이 온다고 했어."

안전벨트를 매고 있을 때 고다마 씨가 말했다.

"그러고 보니 눈이 오기 전의 냄새가 나네요."

"북쪽 출신답네, 그런 걸 알다니."

"창문 닫힌 방 안에 있어도 대개는 지금 눈이 내리는지 안 내리는지 알 수 있어요."

"오늘은 네 말대로 환상선을 반대로 돌게."

고다마 씨는 그렇게 말하고 구두를 벗으려 했다.

"오늘은 벗지 않고 달렸으면 좋겠어요."

고다마 씨는 쇼코의 말에 의아한 표정을 지었다.

"오늘은 너답지 않게 제멋대로네."

"부탁이에요. 한번 해봐요. 분명 괜찮을 테니까."

"하지만 왜? 혹시 사고가 나면 어쩌려고? 말해두지만 그건 거짓말이 아니야. 정말로 수도 고속도로에서는 맨발이 아니면 뭔가 나쁜 예감이……"

"부탁이에요. 크리스마스 선물이라고 생각하시든가요."

고다마 씨는 떨떠름하게 알겠다고 했다.

긴장한 얼굴, 그야말로 진중하게 수도 고속도로를 달렸다. 환상선은 역시나 정체 상태였다. 녹색. 터널. 관람차. 빌딩. 빨간 불독. 도쿄타워. 그 밤에 엉켜버린 실을 풀어나가듯 풍경이 천천히 역재생됐다. 쇼코는 지난번처럼 이상한 기분이 들지 않았고 불안해지지도 않았다. 그러나 고다마 씨는 계속 안절부절못했다. 후방을 몇 번이나 확인하고서야 차선을 바꿨다. 한 바퀴를 막 끝낸 때였다.

"미안, 더는 못하겠어."

고다마 씨는 일부러 그러나 싶을 정도로 피폐해진 목소리로 말한 뒤, 쇼코가 예상했던 대사를 말했다.

"또, 쉬어가도 될까."

지난번과 같은 장소로 들어갔다. 이런 밤은 붐빌 거라 생각했는데 두 사람을 기다린 듯 방 하나가 비어 있었다.

고다마 씨는 방에 들어가자마자 침대에 누웠다. 쇼코는 녹초가 되어 움직이지 않는 고다마 씨 옆에 앉았다. 방에 들어가기도 전부터 손을 잡았던 지난번과는 달라서 망설이며 다가갔다. 마치 처음 하는 것 같았다. 쇼코가 고다마 씨의 손가락을 하나하나 확인하듯 만지자 고다마 씨는 그만하라는 듯 쇼코의 눈가에 입을 갖다대고 그대로 코끝과 뺨, 입술까지 움직였다.

"무사해서 정말 다행이야."

고다마 씨는 어리광 부리는 듯한 목소리를 냈다. 쇼코는 여기에 온 의미를 그대로 잊어버리고 싶어졌지만 그가 재킷을 벗으려 할 때 양손으로 막았다. 고다마 씨는 여전히 어리광 섞인 목소리로 왜 그래, 하고 물었다.

"입은 채여도 돼, 양말도 벗지 마요. 나도 안 벗을 테니까."

오늘은 내가 1년간 만났던 대로의, 정장이 잘 어울리는 고다마 씨와 하고 싶었다. 현실을 보고 싶었다.

"아니, 하지만."

고다마 씨 목소리에는 곤란한 듯 뱉는 숨이 섞였다.

맨발이 되면 또 마법에 걸릴까 봐, 쇼코는 스타킹을 허벅지 중간까지 내리고 고다마 씨와 마주보도록 무릎을 꿇고 앉았다. 고다마 씨는 쇼코 치마 속에서 자기 벨트와 지퍼만 풀었다.

고다마 씨는 또 오른손 엄지와 검지로 왼손 약지의 반지를 빼며 다음 마법을 걸려 했다. 쇼코는 그것도 막았다. 붙잡은 고다마 씨의 팔은 재킷을 벗으려 했던 때보다 단단했다. 그의 눈에 당혹스러움이 떠올랐다.

"왜?"

"끼고 해요."

"하지만 이건……"

"끼고 있는 게 좋아요."

계속 말했더니 고다마 씨가 단념했다.

거의 평소 모습인 쇼코와 거의 평소 모습인 고다마 씨는 그 자세 그대로 하나가 되었다. 고다마 씨의 리듬이 시작되기 전

　　　　　　　　　　　지독한 마침표

에 묻지 않으면 안 되는 게 잔뜩 있었다.

고다마 씨, 고다마 씨, 고다마 씨. 마음속으로 몇 번이나 부른 후에 말했다.

"아내 이름, 가르쳐줘."

"너 오늘 정말 이상해."

고다마 씨는 눈썹을 모아 아주 약간의 불쾌함마저 나타내고 있었다.

"왜 알고 싶어?"

"그 사람을 제대로 떠올리고 싶어. 이제 고다마 씨랑 이런 일 안 하고 싶다고 생각할 때까지."

고다마 씨가 아무 말도 하지 않았다. 이상한 짓을 하고 있다는 건 알았다. 하지만 지금 생각나는 가장 지독한 마침표를 찍는 방법은 이것이었다.

몸을 떼어낼지도 모른다고 생각해서 그의 어깨를 잡고 자신이 움직였지만 삐걱거리는 움직임이 됐다. 고다마 씨 같은 리듬을 만들 수 없어 슬펐다. 초조해할수록 리듬이 더 망가졌다. 고다마 씨는 생각을 멈춘 듯 눈을 감았다. 그리고 쇼코의 귓가에 입을 대곤 철자를 하나씩 읽는 듯한 목소리로 말했다.

그 두 글자가 아내 이름이라는 걸 알게 되기까지는 시간이 걸렸다. 깨달은 쇼코가 멈춰버리자 이번에는 고다마 씨가 천천히 움직였다.

끝날 때까지, 하나씩 하나씩 물었다. 고다마 씨는 인내심을 갖고 속삭이듯 답했고, 때로는 길게 침묵했다. 둘 다 목소리가 몇 번이나 끊겼다. 고다마 씨가 움직이지 않으면 쇼코가 움직였다.

몇 살이야? 어떤 사람이야? 어떤 점을 좋아해? 머리카락 길이는? 언제 어디서 만났어? 어떻게 사귀게 됐어? 왜 결혼을 결심했어? 싫은 점은 없어? 추억의 장소는 어디야? 왜 그녀가 아니면 안 된다고 생각했어? 자신 있는 요리는 뭐야? 그녀와는 어떤 식으로 손을 잡아? 프러포즈는 어떻게 했어? 반지를 고를 때 무슨 생각을 했어? 고다마 씨는 왜 날 만났어? 왜 나를 여럽 양이라 불렀어? 왜 나랑 했어? 할 때 그녀를 떠올렸어? 나는 수도 고속도로를 달린 밤에 고다마 씨와 몹시 하고 싶다고 생각했어. 고다마 씨를 좋아했어. 하고 나서 깨닫다니 바보 같지만, 바보 같다기보다 진짜 바보지만, 나는 고다마 씨를 좋아했어. 신칸센을 탄 밤부터 좋아했어. 고다마 씨의 웃음

　　　　　　　　　　　　　지독한 마침표

을 알았을 때부터. 알고 있었어요? 나도 몰랐던 건데 고다마 씨는 언제부터 알고 있었어요?

고속으로 달리는 차가 둘의 주변을 몇 대나 지나가는 기분이었다.

마지막, 괴로운 듯 숨을 토해낸 고다마 씨가 움직임을 멈췄을 때 쇼코는 그의 아내가 보이는 듯했다. 그녀는 침대 구석에 걸터앉아 이어진 두 사람을 보고 있었다. 당연하지만 형태가 있고 체온이 있고 감정이 있고 고다마 씨를 소중하게 생각하는 여자. 같이 맞춘 반지를 끼고 고다마 씨도 마찬가지로 소중하게 생각하고 있는 유일한 여자. 그리고 여자의 배는 크게 부풀어 있었다.

방 안이 다시 조용해졌다. 쇼코를 들어올려 떨어뜨려놓은 고다마 씨는 그대로 누웠다. 쇼코도 마찬가지로 옆으로 가라앉았다.

지독한 섹스였다. 이제 고다마 씨와는 만날 수 없고, 할 수 없다. 그렇게 확신할 수 있을 정도로 가장 지독한 마침표였다.

옅은 어둠 속, 고다마 씨는 시선을 천장에 둔 채 확인하듯 물었다.

"좋아하지 않는 사람과 한 적 있어?"

고다마 씨, 고다마 씨, 고다마 씨. 지금은 진실을 말해도 되는 때였다.

"좋아하지 않는 사람과 한 적은 없어요."

고다마 씨, 고다마 씨, 고다마 씨. 한번 더 기도하듯 불렀다.

"하지만, 나를 좋아하지 않는 사람과 한 적은 있어요."

침대가 조금 흔들리고 고다마 씨는 눈을 찡그려 쇼코를 봤다. 다시 천장을 보고 눕더니 그 자세 그대로 지금까지 중 가장 다정한 목소리로 말했다.

"나는, 좋아했어."

쓸쓸해서 웃어버릴 뻔했다. 이것이 어른의 능숙한 거짓말.

쇼코는 커튼이 닫힌 작은 창 쪽을 보며 몇 번이고 몇 번이고 반복해서 읽었던, 아주 좋아하는 소설의 마지막 문장을 생각했다. 그리고 그 뒤에 찍힌 작은 마침표를 생각했다.

내일은 나를 위해 반지를 사러 가자. 새끼손가락에 끼는 반지로. 앞으로는 고다마 씨 이름을 부르는 대신 그 반지를 보자. 봄이 되기 전에 운전면허도 따자. 조수석에 지카코를 태우고 맨발로 달리는 것이다. 환상선을 돌며 이 도시에서 높이 날아보자.

고다마 씨, 고다마 씨, 고다마 씨.

"저는 조금 더 있다가 혼자 갈게요."

창밖에는 아마 눈이 내리고 있고, 분명 달이 하나 떠 있을
것이다.

프루스트 효과의 실험과 결과

초판 1쇄 발행 2023년 10월 10일

지은이	사사키 아이	이메일	moro@morobooks.com
옮긴이	양하은	트위터	@morobooks
편집	조은혜	인스타그램	@morobooks
디자인	만만		
제작처	영신사	ISBN 979-11-982262-4-2 03830	
펴낸이	조은혜		
펴낸곳	모로		
출판등록	제2020-000128호		
등록일자	2020년 11월 13일